DÖRLEMANN

André de Richaud

Der Schmerz

Roman

Aus dem Französischen übersetzt und
mit einem Nachwort versehen
von Sophie I. Nieder

DÖRLEMANN

Die Originalausgabe »La douleur« erschien 1930
bei Grasset in Paris.

Die Übersetzerin dankt dem Deutschen Übersetzerfonds
für die Bewilligung eines Johann-Joachim-Christoph-Bode-Stipendiums. Das Mentorat übernahm Patricia Klobusiczky.

Dieses Buch ist auch als DÖRLEMANN eBook erhältlich.
eBook ISBN 978-3-0820-964-5

Umschlag: Mike Bierwolf unter Verwendung
eines Gemäldes von Berthe Morisot
Satz: Dörlemann Satz, Lemförde
Druck und Bindung: CPI – Clausen & Bosse, Leck
ISBN 978-3-0820-064-2
www.doerlemann.com

André de Richaud

Das Kriegsleben verlief weiterhin ruhig und alles in allem frei von Störungen für das Dorf. Zwischen dieser Gegend und der Front lag ganz Frankreich mit seinen ruhigen Wäldern, stillen Dörfern und verwaisten Straßen. Sie war sich selbst überlassen, nach und nach überwucherten Wildpflanzen ihre Wege. Auf den Brunnen schien das Moos schneller zu wachsen als zuvor, und der Rost hinterließ große, schillernde Flecken am Pissoir, das mitten auf dem Dorfplatz stand. Man merkte, dass die Männer weg waren, dafür gab es eine Fülle von Anzeichen, vor allem fehlten die dörflichen Annehmlichkeiten. Das *Café de France* war geschlossen. In den Straßen begegnete man gelegentlich einer alten Frau, die eine Schubkarre schob, einem jungen Mädchen, das eine Heugabel auf der Schulter trug. Die Mutter des Feldhüters trug die Post aus.

Im August 1914 hatten die Männer plötzlich von ihren Frauen und Kindern Abschied genommen, um sich, vom Feuer angezogen, in einem kleinen Winkel Frankreichs zu versammeln, und die Frauen waren hiergeblieben, frei, allein mit den Kindern und dem Vieh. Der Krieg währte schon ein Jahr, und sie gewöhnten sich allmählich daran, ihre Männer nur alle drei Monate zu sehen. Die Gegend, sich selbst überlassen, hatte sich nach Lust und Laune verändert, und wenn die Männer für einige Tage von der Front zurückkehrten, erkannten sie ihr Heim kaum wieder. Lebt wohl, Felderwirtschaft und runde Maulbeerbäume!

Die Bäume wurden nicht mehr zurückgeschnitten und in den Rinnen häufte sich Laub. Dafür gab es weniger Jäger und es saßen mehr Vögel im Blattwerk. Angeblich hatten sogar einige Arten aus dem Norden Frankreichs, vom Kanonenfeuer verjagt, hier in dieser glücklichen Provence voller Stille und Frieden Zuflucht gesucht.

Zwischen den Pflastersteinen wuchs das Gras dichter, weil die Hälfte der Bevölkerung, die mit schweren Schritten lief, fortgegangen war. In den Flüssen gab es offenbar mehr Fische. Selbst in den Furchen der vernachlässigten Felder schienen sich mehr Steine anzusammeln. Waren auch sie aus Angst vor dem Kanonenfeuer in dieses milde, sonnige Land gekommen? Wer weiß. Jedenfalls bemächtigten sich hier nach und nach Pflanzen, Vögel und Steine des männerverlassenen Dorfes, während sich an der Front alle der neuesten Mittel bedienten, die der menschliche Erfindergeist hervorgebracht hatte.

Es sah aus wie das letzte Dorf der Welt. Ganz und gar verlassen …

I

Einige hundert Meter vom Dorfrand entfernt, in einer großen, stillen Villa nicht weit von den Schulen, wohnte Thérèse Delombre. In der Nähe des Hauses floss die Sorgue, hinter riesigen Platanen verborgen. Eine Atmosphäre der Bedrückung und Einsamkeit schwebte um die grauen Mauern. Es schien, als wollte sich die Villa auf dem Boden zusammenkauern. Die Wege, die zum schweren Tor führten, waren voller Wildhafer. Dichtes Moos wucherte auf dem von Feuchtigkeit ausgehöhlten Mauersockel. Nur selten lief jemand an dem verrosteten Eisentor vorbei, das jahrelang nicht geöffnet worden war, und das Geäst, das die Dächer der Häuser weit überragte, schirmte die Sonnenuhr vom Tageslicht ab. Von den fünfzehn Fenstern der Fassade waren nur drei offen, im Esszimmer und in der Küche von Madame Delombre.

Als man den Hauptmann im August 1914 eingezogen hatte, war sie, allein mit ihrem Sohn, dort hingekommen, um auf das Ende des Kriegs zu warten. Sie hatte sich nicht häuslich eingerichtet, weil sie dachte, dass der Krieg nicht andauern würde. Die großen Korbtruhen standen lange halb offen in der düsteren Diele. Nach und nach sollte der Inhalt an die üblichen Orte wandern, in die Anrichte, in die Schränke. Einige Monate später wurden die Truhen auf dem Dachboden verstaut, gesellten sich zu ihren Schwestern, die nicht mehr reisten, und als alle Dinge an ihrem Platz waren und Thérèse Delombre die Hoffnung aufgegeben hatte, wieder in der Stadt zu leben, erhielt sie die Nachricht vom Tod ihres Mannes. Die Einsamkeit und Trostlosigkeit ihres Wohnorts betäubten sie, und der Schock war heftig, aber kurz. Eine Woche lang weinte sie ins Haar ihres Sohnes und dann, gerade als sie sich fragte, was aus ihr werden würde, so ganz allein, bekam ihr Sohn die Masern.

Als er wieder auf den Beinen war, dünner und größer geworden, hatte Thérèse Delombre den Hauptmann fast vergessen. Ihre Zukunft war ihr von all den Frauen, die den kleinen Kranken besuchen kamen, vorgeschrieben worden: Hier sollte sie leben, im Schatten, bis zu ihrem Tod, für ihren Georget …

Sie schwelgte im Erhabenen der Situation; sie hatte das Gefühl, zur Heldin eines großen Romans zu werden, der von Mut und selbstloser Hingabe handelte.

*

Zu Lebzeiten ihres Mannes hatten die Frauen im Dorf sie nicht besonders gemocht. Obwohl sie sanft und zurückhaltend war, machte man es ihr in den Läden nicht leicht. Sie war die Frau eines *Chefs*, und die Männer auf Fronturlaub sagten, der Feind töte weit mehr einfache Soldaten als Offiziere. Die Dorfgemeinschaft beneidete sie. Sie litt unter dieser Feindseligkeit und mied deshalb die Öffentlichkeit. Dieses Verhalten machte zwangsläufig alles nur noch schlimmer. Die Leute, die sie als junge Frau ohne Vermögen gekannt hatten, sagten, sie halte sich für etwas Besseres.

Als man vom Tod des Hauptmanns erfuhr (böse Zungen munkelten sogar, durch seine Härte habe er eine französische Kugel auf sich gelenkt, aber das wurde nie bewiesen), änderte sich ihre Stellung im Dorf. Ihre Kleider waren zwar viel gepflegter als die der anderen Frauen, aber sie waren schwarz – und diese Farbe ließ allen Neid verschwinden. Sie hatte ihren Sohn in die Grundschule geschickt und nicht auf das Collège in Carpentras, um ihn länger bei sich zu behalten, daraufhin sagte man, sie sei weniger *stolz* als gedacht. Nach und nach entdeckte man an ihr alle möglichen guten Eigenschaften. Sie war ernsthaft und still, wenn sie auch nicht zur Messe ging. Nie hatte ein Fremder, eine dieser Personen mit unvertrauten Gesichtszügen, die eine Gegend so lange in helle Aufregung versetzen, bis man ihre Herkunft, ihre Familie und ihren Namen kennt, nach Madame Delombres Haus gefragt. Diese Zurückgezogenheit gefiel den hiesigen Frauen. Sie ging wenig aus, las viel; man sah sie zweimal in der Woche das rostige Tor der Schule aufstoßen. Wenn sie dann wieder herauskam, presste sie zwei oder drei Bücher an ihre Brust, die sie soeben in der Bibliothek ausgeliehen hatte.

Sie holte ihren Sohn nicht von der Schule ab, weil er nur den Platz überqueren musste, und sie ihn – im Sommer, wenn sie auf dem Liegestuhl vor dem Haus lag, und im Winter, wenn sie am Fenster saß und las – kommen sah, dünn und blass, den Tornister unter dem Arm, zwischen den anderen Buben, die ihn schubsten.

*

Sechs Monate waren seit dem Tod des Hauptmanns vergangen und schon bedrückte sie die Einsamkeit, die sie so leicht akzeptiert hatte. Anfangs gaukelte sie sich gewissermaßen selbst etwas vor, was sie allerdings bald ermüdete. Sie war es leid, allein zu sein, und sie war auch den selbst auferlegten Zwang leid, sich das Theater der Aufopferung vorzuspielen. Ganze Tage vergingen, ohne dass sie den Mund aufmachte. Während sie durch die großen, leeren Gemächer streifte, erinnerte sie sich an ihr früheres Leben, und jene Existenz, die bedeutungslos und eintönig gewesen war, schien ihr von Tag zu Tag reizvoller und ihr Verlust beklagenswerter. Sie bereute, diese nicht stärker ausgekostet zu haben. Ihre Erinnerung bot nicht ausreichend Bilder des Glücks, um ihr Leben damit abzuschließen, und sie weinte lange über sich selbst, während Georges in der Schule war. Jeden Morgen erschien ihr im angelaufenen Spiegel ein Gesicht, das abgezehrter war als am Tag zuvor, und sie träumte lange, die Wange an das kalte Glas gepresst … bis ihr plötzlich Tränen aus den Augen quollen, die für einen Moment über den Spiegel liefen.

Bei dem kleinen Jungen hingegen erwachte allmählich der Leib. Das Bedürfnis nach Wärme, das Kinder mit acht Jahren hinter sich lassen wie eine erniedrigende Erinnerung an das Wickeln und Stillen, bewahrte er sich, weil die Hände seiner Mutter, die sich nicht mehr auf Männerarme legen konnten, nicht von seiner jungen Haut abließen.

Er kannte kein anderes Gesicht als das seiner Mutter, das oft vor Tränen glänzte, er liebte die Einsamkeit und stille Spiele. An der Gesellschaft gleichaltriger Jungen fand er keinen Gefallen, vergnügte sich stundenlang mit Bändern und Spitze und fuhr sich genüsslich mit der Zunge über die Lippen, wenn seine kleinen, stets sauberen Hände über Samt und Seide glitten. Gewiss hätte der Hauptmann, wenn er ihn so gesehen hätte, mit gesenktem Blick, die Augen bereits dunkel vor Besorgnis, gegen die Mütter gewettert, die ihre Söhne zu mädchenhafter Schüchternheit erziehen. Aber der Hauptmann war im Krieg gefallen, und seine Frau machte in diesem Moment, zu ihrer eigenen Freude und ihrer eigenen Qual, den Buben, den er ihr geschenkt hatte, zum Ebenbild ihres eigenen ruhelosen und verstörten Wesens.

II

Der Sommerabend brach herein. Das ganze Dorf war um den Brunnen versammelt. Man hörte im Schatten die Stimmen der Männer, die auf den Steinbänken saßen, und in der Nachtschwärze konnte man die Krämerin erahnen, die sich auf ihrem Binsenstuhl zurücklehnte, und den Metzger, dessen Zigarette in der Dunkelheit glühte. Diese wackeren Leute versuchten sich ein Bild vom Krieg zu machen und zerbrachen sich an deutschen Wörtern schier die Zunge. Madame Delombre lag auf dem Liegestuhl vor ihrer Tür, den Kopf ihres Sohnes zwischen den Knien und träumte … Ein tieftrauriger Ausdruck lag auf ihrem Gesicht. Sie tat nichts, um ihn zu verbergen, da niemand sie sehen konnte. Jemand lief an ihr vorbei, und dann hörte man: »Guten Tag, Madame Delombre, wie geht es Ihnen?«

Als hätte man sie plötzlich geweckt, antwortete sie: »Oh! Entschuldigen Sie, Herr Pfarrer, ich hatte Sie nicht gleich erkannt.«

Ein paar Minuten später sagte der Pfarrer zu seiner Schwester: »Sie scheint mir sehr nett zu sein, diese

Madame Delombre. Ach! Dieser Krieg! Sie ist noch keine fünfunddreißig und schon Witwe!«

Der arglose Dorfpfarrer wusste nicht, dass seine Soutane in Thérèses Gedanken nicht die Überlegungen eines Klageweibs, sondern Reigen nackter Männer und besessener Frauen verscheucht hatte. Der Kopf des Kleinen, der sich zwischen ihren Knien schwer anfühlte, wandelte sich zum Kopf eines Mannes, seine dünnen Kinderbeine zogen sich in die Länge, bedeckten sich mit dunklen Härchen und wurden hart wie die der jungen Männer, denen sie sonntags beim Fußballspielen zusah. Inzwischen konnte sie sich ihrer Obsession nicht mehr entziehen. Sie wurde raffiniert und einfallsreich. Selbst die züchtigsten Bücher lösten bei ihr böse Gedanken aus, und wenn sie sich vor dem Spiegel auszog, blieb sie lange bewegungslos stehen, musterte gierig ihr Gesicht. Sie glaubte vergehen zu müssen, weil es an ihrer Seite keinen Menschen gab, der sie lieben konnte, wie sie es wollte – auch keine Frau – und ihre Momente der Zweisamkeit mit dem Spiegel steigerten ihr Verlangen nur.

Wenn sie abends das Hemd wechselte, sagte sie zu dem Kind, das bereits im Bett lag: »Dreh dich zur Wand.«

Und es errötete, als nahte irgendein Mysterium – so traurig und bang war die Stimme seiner Mutter.

Im Wohnzimmer stand auf einem Tischchen ein kleiner Athlet aus Bronze, den der Hauptmann bei einem

Sportwettkampf gewonnen hatte. Eine seltsame Liebe entspann sich zwischen ihm und der verzweifelten Frau. Er war kaum fünfundsiebzig Zentimeter hoch und nackt. Thérèse streichelte mit halbgeschlossenen Augen die kleinen Schultern. Unter ihren fieberhaft tastenden Händen begann ein winziges Herz in der harten, schwarzen Brust zu schlagen, und die Frau lief mit Tränen in den Augen und glühenden Wangen aus dem Wohnzimmer. Dann stürzte sie sich auf ihren Sohn und sagte, während sie ihn mit Küssen erstickte: »Ich liebe nur dich, nicht wahr?«

Einer Schmusepuppe gleich leistete das Kind den Liebkosungen seiner Mutter keinen Widerstand, und auf Seiten der Rhône sank der Abend herab, auf Seiten der Hügel stieg der Morgen hinauf, und nie kam ein Mann … In der Sonne, die immer brennender wurde, verdorrte sie vor Leidenschaft.

Das Haus war voller lächerlicher Möbel, wie reich gewordene Pferdehändler sie anhäufen. Möbel, wahllos aus zufälligen Erbschaften zusammengetragen. Im Wohnzimmer stand ein Korbsessel, und an der Wand hing ein großes Bild, das ohne die goldene Aufschrift *Mit besten Empfehlungen der Konfiserie Guérin-Boutron* gar nicht so hässlich gewesen wäre. Die Fenster waren klein und die Atmosphäre klamm und leblos. Weil das Haus unter riesigen Bäumen stand, drang die helle Sonne des Comtat nicht zu ihm durch.

Das Kind wuchs in dieser Atmosphäre der Traurigkeit und Liebe auf, inmitten von hässlichen Gegenständen und mit einer Mutter, der es wehrlos ausgeliefert war. In diesem Alter, in dem sich im Bauch, im Herzen und im Mark der kleinen Männer geheimnisvolle Dinge ereignen; in dem ein regnerischer Abend, der die Luft zum Knistern bringt, ein blutendes Knie oder eine erzählte Geschichte einen fatalen Einfluss auf Muskeln und Drüsen haben kann; in dem die Kinder sich vom Zufall leiten lassen – in diesem Alter wurde er auf den Weg der Leidenschaft geführt, dort gehalten, und schon neigte sich sein Herz zur Liebe und zum Schmerz wie durstige Lippen zu einem Trank, den sie noch nie gekostet haben, dessen Geschmack sie aber erahnen. Er war noch nicht in die Phase eingetreten, die Mütter als das *undankbare* Alter bezeichnen (wobei sie nicht wagen, diesem Wort den Sinn zu verleihen, an den sie insgeheim denken); für ihn zog der Morgen herauf, wenn an den verborgenen Regionen des Körpers die ersten Haare sprießen, die letzten Nerven reifen.

Während dieser unsichtbaren Verwandlung verändert die Welt nicht ihre Farbe, sondern ihr Licht. Die Dinge bleiben, was sie sind, aber ein Feuer, das alles ringsum beleuchtet, bemächtigt sich des Körpers und des Geistes. Georget Delombre loderte schon wie ein brennender Dornbusch, aber dieses Haus war der Dunkelheit geweiht. In diesem Alter erscheint einem die Umgebung meist trüb und leblos. Die Familie ist eine allzu vertraute Insel inmitten einer Welt, die man sich verwunschen vorstellt. Bücher und bunte Illustrierte erzählen eindrücklich vom ersehnten Abenteuer. Jede Generation von Kindern hat Bilderbücher, welche die Vorgängergeneration für sie geschrieben hat. Die Kriegskinder lernten die Welt anhand von schlammbraunen Zeitschriften kennen, in denen die Schützengräben in ihrer düsteren und verregneten Hoffnungslosigkeit abfotografiert waren, und anhand von Illustrierten, in denen Grün (für die Uniformen der Boches) und Rot (für das Blut aller) vorherrschten.

Seit Hauptmann Delombre gestorben war, interessierte sich die Witwe nicht mehr für den Krieg, aber die Flut der Zeitungen war so stark – in diesen Zeiten, in denen es galt, den Schmerz all derer zu betäuben, die nicht selbst im Fleische litten –, dass er bei ihr ankam. Der Esszimmertisch war stets übersät mit Artikeln, die vor ermordeten Männern, gemarterten Frauen, patriotischen elsässischen Hauben und gefällten Bäumen nur so strotzten.

Die Kinder kannten die gebräuchlichsten Wörter nicht, waren aber mit der Bedeutung von Vokabeln wie *Vandale*, *Massaker* und *Hekatombe* vertraut, von denen die Journalisten ständig Gebrauch machten. Der kleine

Georges lernte wie alle anderen das Lesen mit diesen abscheulichen Blättern und, wenn er die letzte Seite von *J'ai vu* oder *L'Illustration* umgeblättert hatte, wo es beispielsweise um einen »Priester beim Lesen der Messe getötet« ging, übermannte ihn die Angst und er suchte Zuflucht in den Armen seiner Mutter. Wenn er derlei in den Abendstunden las, musste er unbedingt bei ihr schlafen, und sie fühlte lange seinen heißen Atem auf ihrer Wange und seinen fiebrigen Arm auf ihrer Brust.

Da sie von ihrer unterdrückten Leidenschaft geblendet war, beunruhigte es sie nicht, dass sich an ihrer Seite eine derart ausgeprägte und hungrige Empfindsamkeit entwickelte. Der Junge verbrachte lange Nachmittage auf dem Dachboden, wo er sich aus alten Stoffen Kostüme fertigte oder in der Bibliothek stöberte. Sie saß im Erdgeschoss und nähte, und jede Viertelstunde rief er: »Mam, bist du da?«

Sie antwortete »Ja«, und er setzte sein einsames Spiel fort. Wenn sie nicht sofort antwortete, stürmte er die Treppe hinunter, mit weit aufgerissenen Augen, blassen Lippen, zu Tode erschrocken, weil er sich für einen Augenblick allein im Haus geglaubt hatte, und hing dann ein paar Tage an den Rockschößen seiner Mutter und wollte keinen einzigen Einkauf für sie erledigen. Es dauerte oft eine Woche, bis eine Sekunde der Angst verflogen war, und wenn die Frau auf den Speicher stieg, sah sie irgendein seltsames Buch offen daliegen oder verstreute Fetzen von Seide und alter Spitze auf dem Boden.

An bestimmten Winterabenden, an denen man meinte, die Köpfe blutiger Gespenster, die der Nordwind herangeweht hatte, gegen die Fensterläden schlagen zu hören, spielte sich rund um die kleine Lampe ein wahres Drama ab. Das Kind hatte die Schule um vier Uhr verlassen, die Nacht war bereits hereingebrochen. Der Mistral wirbelte donnernd um den Platz und es gelang dem Kleinen nicht, seine Pelerine über der Brust festzuhalten. Er fand ein schreckliches Vergnügen darin, sich selbst Angst zu machen. Im Schatten erkannte er unter den anderen Lichtern das grüne Licht seines Hauses, dann schloss er die Augen, um sich vom Wind forttragen zu lassen. Der Schatten füllte sich mit eisigen Händen, die ihn wiegten, und die großen Orgeln des Windes sangen im Chor.

Er hörte den Erlkönig, war aber nicht in den Armen seines Vaters, und weil man ihm in seiner frühen Kindheit diese wunderbare Sage vorgesungen hatte – Hauptmann Delombre war mit einer famosen Baritonstimme gesegnet, in seinen letzten Lebensjahren zwar durchaus heiser vom übermäßigen Aperitifgenuss, aber noch immer angenehm –, hatte er sich ihre geheimnisvolle Magie im Herzen bewahrt.

Wenn sie nach vier Uhr in Dreiergruppen das Klassenzimmer fegten, verdoppelten sich sein Vergnügen und sein Schrecken, denn so war der Schatten noch dichter und leichter zu bevölkern, wenn er das Schulhaus verließ. Er liebte das Gefühl, wenn ihm ein Blatt über das Gesicht streifte, wenn ihm ein Hauch Mistral in die Hosenbeine fuhr. Solange er mitten auf dem weiten, leeren Platz stand, den Schatten ausgeliefert, im verwunschenen Königreich, hatte er keine Angst, doch sobald er in die Nähe der Tür kam, rief ihn das Licht in die Wirklichkeit zurück und er stürzte zähneklappernd in den Flur, wie von Gespenstern gejagt.

Seine Mutter fand es nur natürlich, dass ihr Kind sensibel und leicht erregbar war: »Ein schwieriges Alter«, sagte sie, und sie hatte sicher recht.

Den ganzen Tag wartete er auf diese Überquerung des Platzes, des schwarzen Flusses, in dem er stets glaubte versinken zu müssen, und weil in der letzten Stunde Geographieunterricht war, fand eine rätselhafte Vorbereitung des Zaubers statt, wenn die Namen fremder Länder genannt, die Bilder magischer Orte gezeigt wurden. Wenn er wieder zu Hause war, glänzten seine Augen nur ein wenig mehr als üblich, aber er sträubte sich, ein Buch aus dem dunklen Wohnzimmer zu holen. Er wollte der Dunkelheit eine bedeutendere Rolle geben als die, einen Korbsessel von einem Tisch mit einer Schale voller Wachsfrüchte zu scheiden. Für ihn war der Schatten ein geheimnisvolles

Land voller verwunschener Wesen, die ihn unmerklich liebkosten und sein Haar zausten.

Zu Beginn der Mahlzeiten setzte er sich artig seiner Mutter gegenüber, zum Schluss aber schmiegte er sich jedes Mal in ihre Arme.

Nach dem Abendessen verbrachten sie die letzten Stunden des Tages gemeinsam im Schein der Lampe. Sie blieben zu zweit, oder ein paar Nachbarn kamen vorbei und brachten für einen Augenblick die geballte Kälte des Platzes herein, die sich aber schnell in der Wärme des Ofens und im feinen Duft von Kaffee auflöste. Sobald es an der Tür klopfte, sagte Madame Delombre zu Georges: »Geh aufmachen.«

Und wenn alle Gäste da waren, warf sie eine Schaufel Kohle in den Ofen, als wollte sie ihnen in diesen Zeiten, in denen die Kohle knapp war, ein materielles Willkommen bereiten. Da standen Madame Gardet und ihre Töchter – zwei große, lächerlich herausgeputzte Klappergestelle, die die jungen Männer im Dorf *loches* nannten (*loche* ist ein im Comtat verwendeter Name für ein bärtiges Fischlein). Zuerst tröstete Madame Gardet ihre Gastgeberin, weil der Hauptmann gefallen war, und dann ließ sie sich über die allgemein verbreitete Idee aus, die ihr bereits am Tag nach der Mobilisierung gekommen war: Die Verwandten der Toten dürfen bis zum Ende die Hoffnung nicht aufgeben. Viele Totgeglaubte sind gar nicht tot. Sie können *ihren*

Lieben nur aufgrund der Umstände kein Lebenszeichen geben. Schließlich fügte sie hinzu: »Sie werden sehen, Madame Delombre. Es wird Überraschungen geben – Überraschungen!«

Dann sprach sie über die Kriegspatenschaften der Fräulein, junge Männer, die sie noch nie gesehen hatte, aber als ausgesprochen reizend darstellte. Der eine, der bei Ausbruch des Kriegs in Rennes studiert hatte, war sicher ein vornehmer junger Mann; den anderen, der in Wirklichkeit einfacher Automechaniker in einer Werkstatt in Toulouse war, beförderte sie zum Elektroingenieur.

Diese abscheuliche kleine Szene hätte sich allem Anschein nach im Land der Romanhelden abspielen können, wenn das Kind, das über seinem Baukasten eingeschlafen war, und die Mutter, die ihren Kaffee mit Sacharin trank, nicht von Leben gezeugt hätten. Das Blut jagte in ihren Venen dahin wie ein gehetztes Tier über die Pfade des Waldes. Dieser dunkle Wald, der Körper – allen verschlossen hinter seinem Saum aus Haut, nur von der Liebe durchdrungen und erhellt.

Als es Zeit wurde zu gehen – ein Moment, den man schon lange im Voraus mit einem leichten Unbehagen herannahen spürt, wenn man drinnen im Warmen sitzt und sich bald in diese mistralstarre Landschaft hinausbewegen muss –, wurde der Junge geweckt, um den Damen Auf Wiedersehen zu sagen, und seine Wange, die länger auf seinem angewinkelten Arm gelegen hatte, war rot und heiß. Die Fräulein Gardet küssten ihn auf ebendiese. Er war zu schlaftrunken, um ihnen auch die andere Wange hinzuhalten.

Er sabberte ein wenig, und seine Augen waren glasig. Seine Mutter bemerkte, dass er wie ein Mann nach dem Liebesakt aussah. In seinem Gesichtsausdruck vermischten sich alle Zeichen der Wonne mit einem unsäglichen Schmerz. Als die Damen gegangen waren, wurde die Katze unter dem Spülbecken eingesperrt, denn eines Tages hatte eine andere Katze, die mit ihren langen Angorahaaren dem glühenden Ofen zu nahe gekommen war, Feuer gefangen und war daraufhin vor Schmerz aufgesprungen und hätte beinahe die Vorhänge in Brand gesetzt. Seit diesem Missgeschick schliefen alle Katzen im Hause Delombre weit weg vom Feuer.

Der Junge wankte wie ein Schlafwandler, halb wach, halb schlafend, die Treppe hoch, und nachdem er unter beiden Betten nachgesehen hatte – das war ein weiterer Brauch im Hause Delombre, wobei sein Anfang sich in der Vergangenheit verlor –, setzte er den unterbrochenen Schlaf unter seiner Decke fort, zuvor lief ihm jedoch noch einmal ein Schauer den Rücken hinunter, denn unter seinem Bett hockte ein geheimnisvolles Wesen … lauerte ihm auf.

III

Eines schönen Tages kamen die Deutschen in die Gegend. Die Dorfweiber waren zutiefst entsetzt gewesen, als sie erfuhren, dass man gefangene Boches auf den Bauernhof La Nesquière geholt hatte, damit sie in den Weinbergen arbeiteten. Es gingen ihnen alle möglichen Kriegsbilder durch den Kopf und sie sahen jenem Tag fiebrig entgegen. Er kam.

Eines Nachmittags sah man die Gefangenen in Begleitung ihres Wächters den großen Platz überqueren. Hinter jedem Fenster tauchte das Gesicht einer Frau auf, den Mund vor Neugier weit aufgerissen, … und die Männer liefen mit gesenktem Blick …

In der Nähe von Carpentras, im Dorf Serres, gab es ein Gefangenenlager. Man teilte die Deutschen unter der Aufsicht eines Unteroffiziers in Fünfer- oder Sechsergruppen auf die Bauernhöfe der Region auf, um sie in der Landwirtschaft einzusetzen. Weil das Leben auf dem Land viel angenehmer war als im Lager, schickte man diejenigen auf die Felder, die sich gut benahmen oder sich durch Herkunft oder Dienstgrad auszeichneten.

Die Gefangenen wussten im Allgemeinen nicht mit ihren Händen umzugehen, und auf den Bauernhöfen sah man sie mit ihrem Wächter Karten spielen. Manchmal lag ein hochgewachsener Deutscher, der allen Abenteuern zum Trotz noch immer sein Monokel hatte, unter einer großen Platane und lernte Französisch mithilfe einer Lessing-Übersetzung oder studierte die Landwirtschaft anhand der *Georgica*. Oft rechtfertigten die Deutschen ihre Anwesenheit auf den Feldern, indem sie Weißdorn für die Bäuerin pflückten. Sie hatten allen Grund, dort zu bleiben und nicht weiter aufzufallen und brachten inmitten der Hühner und Puten den beruhigten Bauern ihre kühle deutsche Höflichkeit entgegen. Keiner dieser Männer versuchte je zu fliehen.

Am Anfang hielt der Wächter die drei Deutschen an der Kandare, aber nach und nach ließ der gute Mann – reichlich mit Tabak, Kleidern und Pfeifen bestückt – die Zügel locker, und man sah sie oft am Ufer der Sorgue im Gras liegen und geduldig auf das Ende der *Feindseligkeiten* (wie man sagte) warten. Obwohl sie allein waren, machten sie es sich zur Regel, französisch zu sprechen, sowohl um den französischen Pflanzen und Gewässern Ehre zu erweisen als auch um ihre Kenntnisse der Landessprache zu verbessern. Sie empfanden für alles Französische eine Art unbestimmte und umfassende Liebe. Der Mistral, die Vögel der Provence – von all diesen Dingen, all diesen Wesen, die angeblich ihre Feinde waren, wollten sie geliebt werden und hatten den Eindruck, dass es ihnen gelang.

Sie verstanden die Sprache der französischen Nachtigall – eng verwandt mit den Nachtigallen germanischer Sagen. In der Sonne waren die Gefangenen genauso glücklich wie die hiesigen Männer, und der Schatten der Bäume duftete für sie genauso gut wie für ihre Feinde.

Dass die Einheimischen sie mit offenen Armen empfingen, kann man nicht behaupten. An den ersten Tagen nach ihrer Ankunft murmelte man Beleidigungen, wenn sie vorübergingen, aber mit der Zeit gewöhnten sich die Bauern daran, sie auf den Wegen zu treffen, und ihre Anwesenheit zerstreute einige Legenden der Schundpresse, die den Eindruck erweckte, die Deutschen hätten Schuppen auf dem Rücken und versprühten giftigen Atem … wie Ungeheuer.

Eine Zeit lang ließen die Deutschen sich nicht im Dorf blicken – sie wagten es nicht –, aber nach einem Monat wurden sie mutiger. Sie gingen selbst ins Geschäft, um Tabak zu kaufen, und die Kleine hinter dem Tresen, die zunächst ins Hinterzimmer hatte fliehen wollen, freute sich, sie zu bedienen und den unverständlichen Worten zu lauschen, die ihr wahrscheinlich mitteilen sollten, sie sei gar nicht hässlich.

Ohne Unterlass kauften sie Tabakbeutel, Postkarten,

Pfeifen. Von den dreien waren immerhin zwei gut aussehend und der Dritte witzig. Man merkte, dass sie keiner Fliege etwas zu Leide getan hätten. Sie waren jung.

Der Schönste von allen hieß Otto Rülf. Neben ihm waren die beiden anderen nichts als Komparsen, die er mühelos in den Schatten stellte. Sein Hemd, dreckig und abgetragen, schmiegte sich an einen Körper, der vor Jugend strotzte, groß, blond, mit breiten Schultern und schmalen Hüften. Man sagte, er sei von vornehmer Herkunft, was unter diesen Umständen allerdings nicht den Respekt erklärte, mit dem die anderen ihn behandelten, vielleicht war seine Schönheit der Grund.

Der Zweite wirkte ernst und hatte braune Haut. Seine hellen Augen waren stets in das schale Licht getaucht, das im Herbst über den Feldern Preußens schwebt.

Der Dritte, hässlich und mit Schmissen übersät – er war natürlich Student –, redete laut und zechte gern. Allen dreien war furchtbar langweilig.

Sonntags schauten sie den *jungen Leuten* hinter der Kirche beim Fußballspielen zu und wenn der Ball ins Aus ging, rangen sie unter lautem Gelächter darum, wer ihn ins Spiel zurückwerfen durfte.

So hatten sie am Nachmittag gelegentlich das Gefühl, nicht allein in Feindesland zu sein und mit Gleichaltrigen auf heimischen Wiesen Ball zu spielen.

An Tagen, an denen der Mistral wehte, standen sie alle

drei zusammen am Spielfeldrand und traten von einem Fuß auf den anderen. Wenn schönes Wetter war, mischten sie sich ernst und leise sprechend unter die Frauen und jungen Mädchen, die sich das Spiel ansehen wollten. Wenn eine junge Frau in Witwentracht ihnen allzu nahekam, rückten sie taktvoll von ihr ab.

Alle fanden die Gefangenen freundlich. Sie sprachen oft mit Soldaten auf Heimaturlaub und erkundigten sich nach der Lage an der Front, diesem Land, so weit entfernt von den Straßen voller Blumen, ohne festen Platz auf der Welt, das sich, Menschen bösen Willens folgend, zufällig irgendwo niederschlägt. Manchmal kannten sie den Hügel, von dem die Fronturlauber zurückkamen, und die feindlichen Soldaten sprachen von ihm wie von einer schrecklichen Heimat.

Am Anfang hatte man sie die *Boches* genannt, danach hatte man der *Große*, der *Traurige* und der *Hässliche* zu ihnen gesagt. Später erfuhr man dank des Sohns der Bäuerin, bei der die Männer eigentlich arbeiten sollten, wie sie hießen, und die Leute sprachen die merkwürdigen Namen mit einem seltsamen Vergnügen aus: Otto, Friedrich, Oswald. Nach und nach waren sie Bürger dieser Gegend geworden. Geduldet von den Wegen und Wäldern und schließlich von den Menschen. Die Bauersleute hatten das Gefühl, der Krieg ginge schneller zu Ende, wenn sie die Feinde nicht verfluchten. Es gäbe keinen Grund mehr, ihn weiterzuführen, wenn die Gegner sich untereinander verbrüderten, und so schien ihnen, die Rückkehr ihrer Gatten, Söhne und Väter in das sanfte, friedliche Flachland wäre nicht mehr so fern.

An einem Sonntag im März strahlte hinter der Kirche die Sonne und der Wind wehte. Der Althen-Club spielte ein Freundschaftsspiel gegen den Sporting d'Entraigues.

Es war einer dieser Nachmittage, an denen der Mistral im blassgoldenen Sonnenlicht heftig bläst. Der Körper fühlt sich unter der spiegelkalten Haut von innen wärmer an. Nur wenige Leute befanden sich am Spielfeldrand, im Schutz der Zypressenhecke; in ihren langen grauen Kapuzenmänteln im Gras ausgestreckt – in derselben Position, die ihre Brüder in diesem Moment einnahmen, um auf den Feind zu schießen – sahen sich die drei Deutschen das Spiel an. Gute wie schlechte Schüsse feuerten sie mit den gleichen kehligen Schreien an. Plötzlich löste sich das Gemenge auf und ein Außenstürmer blieb auf dem Feld liegen, wimmernd wie ein verletzter Vogel, der im Gras zurückbleibt, wenn die Schar flinker Vögel sich zerstreut.

Das Spiel wurde unterbrochen und man brachte den Jungen in einer Ecke des Felds in Sicherheit. Die Verletzung war nicht schlimm, aber an Weiterspielen war nicht zu denken. Sein Knöchel schwoll zusehends an. Die Deutschen gingen auf die versammelten Spieler zu und reichten dem hilflosen Jungen ein Fläschchen Rum.

Man half ihm beim Anziehen, während beide Mannschaftskapitäne beratschlagten. Dann kam der Kapitän des Althen-Clubs, Sohn des Bürgermeisters, ein hagerer und sonnenverbrannter Provenzale, und fragte die drei Deutschen – schniefend und seine kurzen Hosen hochziehend, um Haltung zu zeigen –, ob vielleicht einer von ihnen den verletzten Spieler ersetzen wolle.

Er war recht schüchtern und strich sich mit der Faust die Haare zurück, die ihm in die Augen fielen.

Die Deutschen sahen sich an. Sie hätten alle drei nur zu gern mitgespielt, aber Oswald und Friedrich zeigten auf Otto, den Großen, den Stärksten. Der war außer sich vor Freude. Im Handumdrehen hatte er sich ausgezogen und schlüpfte in die Sachen des Verletzten. Und so rannte er, halbnackt an der frischen Luft, unter diesen Jugendlichen zum ersten Mal seit langer Zeit tänzelnd über das Feld.

Die Jungen nahmen ihn grußlos auf, aber sie merkten sofort, dass er sehr gut spielte.

Alle Spuren seiner nationalen Zugehörigkeit waren verschwunden, und man erkannte ihn nicht mehr als Fremden in dieser Truppe großer Jungs, die um den Ball kämpften. Dennoch atmeten diejenigen, die im Gedränge gegen ihn stießen, einen Schweißgeruch ein, der anders war als der ihrer Kameraden …

Nach dem Spiel gingen sie alle zusammen Glühwein

trinken, und von diesem Tag an standen in dem Heftchen, das im Café de France aufbewahrt wurde und das die Liste der aktiven Mitglieder des Althen-Clubs enthielt, hinter vor südlicher Sonne strotzender Namen wie Jacques Rigal oder Antoine Chanu drei weitere Namen, fast unlesbar, so schwer war es dem Sekretär, der sein Abschlusszeugnis mit Ach und Krach geschafft hatte, gefallen, sie aufzuschreiben …

IV

Während das Dorf auf diese Weise Frieden schloss, setzte Madame Delombre ihr schmerzvolles Leben und ihren Kampf mit der Einsamkeit fort, verteidigte den Jungen gegen den Mann, der er einmal werden und der sich ihrer Liebe entziehen würde, dachte bereits voller Entsetzen an den Zeitpunkt, da sie ihn zum Collège in Carpentras bringen würde. Sie war sich darüber im Klaren, dass er von diesem Tag an für seine Mutter verloren und sie dann selbst für die ganze Welt verloren wäre. Sie hätte gern seine Lebenszeit angehalten und fühlte sich selbst nur im Vergleich zu Georges altern. Man stieß ihr einen Dolch ins Herz, wenn man im Glauben, ihr eine Freude zu machen, zu ihr sagte: »Oh, Ihr Georget ist aber groß geworden!«

Diese Angst nahm lächerliche Formen an. Wenn er vom Haareschneiden nach Hause kam und sie seinen zarten blauen Hals küsste, der nach Veilchen roch, sagte sie: »Er ist jetzt vierzehn Tage älter.«

Neben der Tür markierten vier kleine Striche an der Wand die Größe des Kindes. Mit jedem Strich vermehrten sich auch die Falten in Madame Delombres Gesicht.

Immer gebieterischer kreiste das Blut in ihrem Körper und verlangte seinen Tribut. Niedergeschlagen, leidend irrte sie umher, trug ihr wehes Herz wie eine Wunde und schämte sich vor sich selbst, reizte ihre Sinne aber durch das Lesen von schmutzigen Büchern bis zum Äußersten. Wann immer sie einen Mann sah, konnte sie nicht anders, als sich sein Glied vorzustellen. Sie dachte nur noch an die Liebe, an die Gesten der Liebe und an den Schmerz der Leidenschaft. Sie *liebte* verzweifelt. Eine zweite Jugend erfasste sie. Sie versuchte, sich zu befreien, indem sie ihren Sohn liebte, indem sie sich zwang, der Liebe zu ihrem Sohn strenge Regeln aufzuerlegen. Doch war das Kind für sie bereits ein Mann, auch wenn sie sich das nicht eingestand, und so war ihre mütterliche Liebe für immer mit etwas Schmutz befleckt. Sie hätte sich gern jemandem anvertraut oder Rat eingeholt … Niemand im Dorf schien die Krankheit zu kennen, an der sie litt. Aber was war mit den jungen Frauen, deren Männer in den Krieg gezogen waren? Wie kamen diese Frauen damit zurecht? Und so sah sie nachts in jenen Bauernschlafzimmern, in denen immer ein Brautkranz aus Orangenblüten unter einer staubigen Glasglocke liegt und ein geweihter Buchsbaumzweig an der Wand hängt, eine nackte Frau umherwandeln, die ihre glühende Haut zur Kühlung auf die Marmorplatte der Kommode oder an den Schrankspiegel presste – genau wie sie selbst. Ihr kam der Gedanke, die Nächte mit einer dieser Frauen ohne Mann zu verbringen. Im goldenen Schein des Nachtlämpchens stieg eine unerhörte Verwegenheit in ihr auf.

Morgen früh, wenn Léonie, die kleine Näherin, zur Arbeit käme …

Aber der anbrechende Tag zerstreute all diese verzückenden Vorstellungen. Und von dem nächtlichen Feuer blieb nur ein wenig schmerzende Asche in ihrem Kopf und in ihren Lenden, und sie wurde wieder zu Madame Delombre, die es nicht wagte, Léonie, der kleinen Näherin mit den Wangen voller Sommersprossen, ins Gesicht zu sehen. Sie wurde wieder zu Thérèse Delombre, bis zum nächsten Abend …

*

Eines Morgens traf sie ein tiefer Stich ins Herz. Jede Mutter hätte sich über diese Sache aufgeregt und hat es auch getan, denn fast alle Männer haben einst diesen kleinen beschämenden Moment erlebt, der sie noch immer erröten lässt und an den sie sich dennoch voller Rührung erinnern, weil er das erste Zeichen ihrer Manneskraft ist!

Georget spielte viel öfter mit Mädchen als mit Jungen. Nie hätte seine Mutter dabei Übles vermutet – er war zehn Jahre alt! –, und so streifte der Kleine mit Lucette unbehelligt im ganzen Haus herum.

Madame Delombre wollte den Kindern Bescheid sagen, bevor sie zum Gemischtwarenladen aufbrach. Die beiden waren auf dem Dachboden. Und so steigt sie hinauf und findet die Kinder inmitten alter Bücher und staubiger Möbel, im hellen Licht des frühen Vormittags, wie sie in aller Unschuld die verborgensten Stellen ihrer Körper betrachten.

Keinerlei Verlangen in den arglosen Augen. Der Junge lässt mit dem gleichen Ausdruck, mit dem er sich die Pelze und den Samt durch die Finger gleiten lässt, um zu spüren, wie weich sie sind, seine Hand über den Bauch des ernsten, bedächtigen Mädchens wandern. Auf seinen lächelnden Lippen glänzt ein wenig Speichel …

Wie von Sinnen ließ Madame Delombre ihre Einkaufstasche fallen und schimpfte, blind vor Wut, mit ihrem Sohn, dem Mädchen hingegen verpasste sie ein paar kräftige Ohrfeigen. Georget ging rot und beschämt in die Küche hinunter. Das Mädchen lief heulend nach Hause.

Mit weichen Knien ging Thérèse Delombre ins Schlafzimmer und weinte bitterlich in ihr Kissen. Schon jetzt nahm ihr eine Frau ihren Sohn weg, so deutete sie den Vorfall. Und so würde es immer sein … In einigen Monaten würde er aufs Collège gehen und dort würden seine Kameraden die Liebe, die er für seine Mutter hegen mochte, unter sich aufteilen. Sie würde es ertragen müssen, wenn

Georget ihr in seinen Briefen und sonntags, wenn er zu Besuch käme, den ein oder anderen beschriebe. In den Ferien würde er manchmal einen Kameraden mitbringen, und da es im Haus nur zwei Schlafzimmer gab, würden sich die beiden eins teilen. Sie würde bis tief in die Nacht durch die Wand hören, wie die Jungen sich Mädchengeschichten erzählten.

Sie stellte sich die Wärme der beiden jugendlichen Körper unter den Laken vor und wie die Jungen Wange an Wange schliefen. Der Große – hübsch, wie er war, konnte Georget nur stattliche Freunde haben – würde das ganze Bett einnehmen und mit seinen kräftigen Beinen die Knie ihres Sohnes streifen. Eines Tages würde er ihn ins Bordell mitnehmen, und wenn Georget beispielsweise zärtlich auf den »großen Gauthier« zu sprechen käme, wüsste sie Bescheid. Die Tränen blendeten sie, das Kissen war schon ganz nass, sie presste das Gesicht ins Laken und ließ sich von ihrem Schmerz überwältigen.

Oft hatte man ihr gesagt, der Hauptmann betrüge sie, sehr oft hatte sie es auch selbst bemerkt. Sie hatte jedes Mal der Form halber ein paar Tränchen vergossen, aber nun, da sie ihren Sohn mit dem kleinen Mädchen auf dem Dachboden gefunden hatte, verspürte sie sämtliche Qualen der Eifersucht. Jetzt einkaufen zu gehen, daran war nicht zu denken! Wieder begann sie zu schluchzen. Die Tränen erleichterten sie, linderten das Brennen in ihrem

Hirn, das sich anfühlte, als würde es unter ihrer Stirn bluten, so tief war ihre Verzweiflung.

Der Junge, der mit gesenktem Kopf und rastlosen Fingern neben der Tür saß und mit den Pfoten der Katze spielte, hörte das Schluchzen. Es war das erste Mal, dass er seiner Mutter wehtat, und er wusste nicht, wie er sich verhalten sollte. Gewöhnlich versuchte er, sie zu trösten, wenn sie zu weinen anfing, ein wenig verlegen, weil er den Grund für ihren Schmerz nicht kannte, und die Frau sagte dann jedes Mal, zwischen zwei Schluchzern: »Dein Vater, dein Vater …«

Das reichte dem Kind. Der geheimnisvolle Krieg! Eine Stimme flüsterte ihm ins Ohr, dass es weinen solle. Und es weinte. Daraufhin sagte sich die Mutter, es sei ihre Pflicht, das Kind nicht weinen zu lassen, und sie hörte selbst damit auf, um es in den Arm zu nehmen. Georget beruhigte sich und sie lächelten, wenn die Wangen der einen die Tränen des anderen trockneten. Doch heute kann sie nicht sagen: »Dein Vater, dein Vater …«

Denn seinetwegen hat sie Kummer. Um keine Entscheidung treffen zu müssen, lässt er die Pfoten der Katze los, seine Lippen schieben sich zitternd nach vorne und er beginnt zu schluchzen, ohne abzuwarten, dass ihm eine Stimme von irgendwoher sagt, dass er weinen soll.

Am Ende musste sie hinuntergehen und trotz allem das Mittagessen kochen. Das Kind wagte nicht, ihr ins

Gesicht zu sehen, und dieses stille Mahl wurde nicht von einer zornigen Mutter und einem beschämten Kind zusammen eingenommen, sondern von zwei gleichberechtigten Menschen; von einem Mann und einer Frau, zwei Liebenden, von denen einer gerade den Treuebruch des anderen entdeckt hat. Ein Gewitter lag in der Luft. Sie sprachen nicht. Die beiden – der Kleine, schon ein Mann, weil seine Mutter ihn zu sehr liebte, und die Frau, geblendet, weil sie den Liebesdurst, der in ihr tobte, nicht stillen konnte – schienen die Zeit verstreichen zu hören. Sie bemerkten, dass die Uhr stehengeblieben war, so lebhaft war dieser Eindruck gewesen.

V

Der verständige Leser ahnt längst, worauf ich hinauswill. Sollte er zu naiv oder zu faul gewesen sein, um mitzudenken, sollte er noch nichts erraten haben, möge er mir erlauben, ihn gleich zum Höhepunkt dieses Kapitels zu führen und ihm einen Ausblick auf das Buch zu geben.

Von hier aus betrachten wir ein ruhiges Dorf inmitten von Bäumen und Olivenhainen. Ein glitzernder Fluss plätschert munter darum herum. Der Abend bricht herein, und wenn unsere leiblichen Augen so verlässlich wären wie unsere geistigen, sähen wir jenseits der kristallenen Berge der Dentelles de Baume, wo manch magisches Wasser sprudelt, *Thermalwasser*, wie die Doktoren sagen, den Krieg glimmen. Im ganzen Comtat war es April geworden. Frisch und klar, die Ziegel vom nächtlichen Tau gewaschen, brach die Gegend aus der eisigen Hülle des Winters hervor, doch obwohl die Natur sich solche Mühe gab, war alles trist und hoffnungslos.

Die Soldaten, die in dreimonatigen Abständen auf Fronturlaub kamen, schienen ein wenig von dem sagenhaften blutigen Schlamm der Schützengräben auf die hiesigen Straßen mitgebracht zu haben. Sie blieben kurz, aber redeten viel. Sie wollten die Friedfertigen am Wunder ihres *Schmerzes* teilhaben lassen, und so hörte man Weiber über Strategie diskutieren und die sonderbarsten Namen annähernd verständlich aussprechen. Diejenigen, die vor dem Krieg kaum lesen konnten, hatten so viele Briefe ihrer Söhne entziffert, dass ihnen das Lesen nun leichtfiel.

Es gab nichts Tragischeres, als diesen Frühling herannahen zu sehen, der so schön war wie der erste Frühling der Menschheit. Blind und taub für die Klagen des Menschen und für seine Wunden, schossen überall Blätterranken hervor, um die sich niemand kümmerte.

Man horchte auf andere Schüsse!

Niemand hatte Muße, den Vogel beim Singen zu betrachten oder dem Gras beim Wachsen zu lauschen. Im kleinen Haus am Rande des Platzes war die verbotene Tat nie wieder erwähnt worden, aber die Mutter beobachtete das Kind aus dem Augenwinkel. Da seine Augen müde aussahen und er oft verdrossen wirkte, rief Madame Delombre den Arzt von Entraigues, Monsieur Fauriel, ins Haus, als dieser gerade vorbeikam. Vor dem barschen, bärtigen Mann errötete sie wie ein junges Mädchen und wusste nicht, wie sie auf die Frage, die ihren Sohn betraf, zu sprechen kommen sollte. Nachdem sie lange um den heißen Brei herumgeredet hatte, sehr zur Belustigung des

Arztes, erzählte sie ihm von ihren Befürchtungen. Der dicke Mann brach in Gelächter aus.

»Ach Gott, gnädige Frau, das haben Sie wohl aus einem dieser Medizinbücher, die das als ›schlechte Angewohnheit‹ bezeichnen! Tja. Aber das gibt es gar nicht, gnädige Frau. Oder besser gesagt, es gehört zum Leben dazu. Da kann man nichts machen. Wenn Sie darauf bestehen, verschreibe ich ihm gern ein Stärkungsmittel, aber ein Heilmittel gibt es nicht. Man misst dieser Sache ohnehin viel zu viel Bedeutung bei. Bei Geistesgestörten kann es krankhaft werden, aber Ihr Georget ist Gott sei Dank nicht geistesgestört! Am besten rügen Sie ihn ein wenig, um ihn abzuschrecken. Jaja! Wie heißt es so schön in diesem Lied, gnädige Frau: Ein Späßchen in Ehren …! Wenn Sie ihn in seinem Alter mit einem Mädchen haben schäkern sehen, zeigt das nur, dass er ein richtiger Hengst werden wird, wie einst der Hauptmann, nicht wahr, gnädige Frau? Dann holen Sie ihn mir mal her, den kleinen Lümmel …«

VI

Beim Anblick der reichen Ernten, die nicht aufgezehrt werden konnten, spürte man, dass sich selbst die Erde an den Krieg gewöhnte. Ich kenne keine üppigere Zeit als diese. Die von tausend blühenden Pflanzen überwucherten Wege, der Angriff der großen, ungeschnittenen Platanen auf die Dächer, die vor lauter Grün überschäumende, entfesselte Natur.

Nach und nach starben ohne einen Laut die Männer, die in den Krieg gezogen waren; weil ihre Mütter und Frauen diese Männer aber nicht in den sommerlichen Zimmern, die auf ewig nach Schwefel riechen, mit dem man sie zur Wanzenbekämpfung einräuchert, stöhnen, husten, bluten sahen, sagten sie mit großer theatralischer Geste, das *könne ja gar nicht sein*, und ließen es dabei bewenden … Nicht einmal der Schmerz konnte diese Herzen erreichen, die durch so viele unerklärliche Ereignisse abgehärtet waren.

Trotzdem wurde eines Abends spürbar, dass die Gegend doch nicht so weit von der Front entfernt war, wie man meinte. Es war der Abend, an dem die Flüchtlinge ankamen. Man hatte sie auf den Bänken des *Café de France* abgeladen – sie waren todmüde –, und die Leute trafen wortlos ihre Wahl, so wie man Tiere auf dem Markt aussucht. Die Flüchtlinge rochen nach dem sauren Schweiß, der auf langen nächtlichen Reisen das Gesicht überzieht, und diese armseligen, leblosen Bündel zerrissener Kleider, die das Kanonenfeuer in die Flucht geschlagen hatte, schauten mit wirrem Blick die Werbeplakate für Aperitifs an, die an den Wänden des Cafés hingen. Wenn sie etwas sagten, ahnte man, dass ihre Sprache rau war und schwer zu verstehen.

Eine dreckige und abstoßende alte Frau, deren Atem nach Alkohol stank, zeigte mit einer gewissen Genugtuung ihren blutigen roten Arm vor, den eine Granate verstümmelt hatte. Die Dorffrauen blickten auf ihre eigenen rötlichen Arme, und denjenigen, die tagsüber die Wäsche gemacht hatten, haftete von dem kalkhaltigen Wasser eine Art weißes Pulver zwischen den Fingern. In der Mitte des Raums stand Madame Delombre unter der mit gelbem Mull umwickelten Hängelampe, einen Arm um Georgets Hals gelegt. Sie traf ihre Wahl vor den anderen. Ihr Rang erlaubte es ihr, als Erste aus dem Dorf Barmherzigkeit zu üben. Georget musterte neugierig diese Kinder, die von so weit her gekommen waren, er glaubte, dass ihre Ohren noch vom Lärm der Kanonen dröhnen mussten und dass ihre Augen nicht deshalb so rot waren, weil sie eine Nacht lang in einem Waggon voller Emigranten gereist waren, sondern weil sie das grelle Licht der brennenden Bauernhöfe gesehen hatten, der Bomben, die hoch am Himmel zerplatzten. Seine Mutter fragte ihn, welches Kind er nach Hause mitnehmen wolle. Nachdem er die Kinder lange betrachtet hatte, suchte er ein kleines blondes Mädchen aus, das auf den Knien einer jungen Frau schlief.

Das kleine Mädchen wachte widerstrebend auf, und als es hörte, dass man es von seiner Mutter trennen wollte, brüllte es auf unmenschliche Weise los. Die schläfrigen Flüchtlinge rümpften die Nase, wie um zu sagen »schon wieder!«, und sahen die Dorfbewohner feindselig an.

Madame Delombre wusste nicht, was sie tun sollte, und musste der Kleinen alles Mögliche versprechen, um sie dazu zu bringen, die Schürze der armen Frau loszulassen. Madame Delombre machte sich mit den beiden Kindern auf den Nachhauseweg.

Inzwischen war es Nacht geworden, und einzig die Laterne an der Ecke neben der Post beleuchtete den großen Dorfplatz. Georges durchquerte wieder einmal das verwunschene Königreich. Die Hand seiner Mutter hielt ihn am Kinn, und so ließ er sich durch den Schatten führen, in der Wärme der Frau vor dem Wind geborgen, der ihn neckte. Was würde dieses kleine Mädchen für ihn bedeuten, das vielleicht bis zum Ende des Kriegs bei ihnen wohnen sollte? Das fragte er sich bang. Zum ersten Mal würde seine Mutter eine andere Wange als die seine küssen, eine andere Stimme würde bei Tisch sprechen dürfen. Noch war er auf die Kleine nicht eifersüchtig. Weil er es noch nie gespürt hatte, erkannte er das Gefühl nicht, welches der Anblick der Fremden in ihm wachrief. Es war das leicht schmerzhafte Bedürfnis, sie lange anzusehen, vermischt mit dem vagen Entsetzen, ihren Blick auf sich zu spüren.

Ihre Füße brachten Kieselsteinchen ins Rollen und das Kind dachte an Steine, die im Krieg unter Pferdehufen funkensprühend bersten. Der kleine Platz wurde, durch die Anwesenheit des Mädchens verzaubert, zu einem schlafenden Schlachtfeld. Sie hatte brennende Mauerstücke einstürzen, Möbel aus zersprengten Häusern fliegen sehen; sie hatte Menschen und Tiere brüllen hören, deren Leben sich in langen, schwarzen Spritzern auf das versengte Gras ergoss. Wie konnte sie da nicht sämtliche Zauber des Kriegs mitbringen?

Das kleine Mädchen schlummerte auf dem Arm von Madame Delombre. Georges hatte seine Mutter einmal jenen Akt aus *Der junge Adler* lesen hören, in dem alle Geister der im Krieg Getöteten lauthals ihren Schmerz verkünden, und diese Jahrmarktspoesie hatte ihn zutiefst berührt. Am Fuß jedes Baums hörte er eine Stimme, die etwas zu trinken verlangte. Kleine Schauer liefen ihm über den Rücken. Der Wind des Abenteuers wehte.

Im Licht der Lampe konnte er das vor Müdigkeit benommene Gesicht der Kleinen besser sehen. Schlaftrunken sabbernd teilte sie Thérèse mit, dass sie Olga heiße. Er beobachtete aufmerksam jede ihrer Gesten, betrachtete neugierig die glänzende Flüssigkeit, die ihre Wimpern verklebte, und bemerkte, dass die Haut um ihre Augen gerötet war. Ein neues Wesen trat in sein Leben, und er war fasziniert von diesem ausgehungerten, elenden Gesicht.

Als sie nach dem Essen ins Schlafzimmer hinaufgingen, fing das kleine Mädchen, das sich bei Tisch beruhigt hatte, im dunklen Treppenhaus erneut an zu weinen.

Thérèse legte die Kleine in Georges' Bett, und man hörte sie noch lange im Zimmer schluchzen, in dem nur das Nachtlämpchen etwas Licht brachte, dickflüssig wie ein Fleck goldgelben Sirups.

VII

Sobald am nächsten Morgen ein langer, weißer Strahl den Dämmer im Schlafzimmer zerstreut hatte, in dem man schemenhaft die weißen Möbel und das schwarze Kruzifix erkennen konnte, wachte er auf.

Um dem Mädchen sein Bett zu überlassen, hatte er sich zu seiner Mutter gelegt und fühlte den Atem der Frau an seinem Hals. Er sah der Kleinen beim Schlafen zu; sah ihre schmale Gestalt, die sich unter den Decken abzeichnete, ihren nackten Arm und die Flut blonder Haare, die sie krönte. Ihre Brust hob sich regelmäßig im immer heller werdenden Schatten. Die Augen des Jungen waren weit aufgerissen und auf die kleine Schläferin gerichtet, deren schmutziger Arm auf die rosa Decke herabfiel.

Er spürte seine Mutter neben sich atmen und plötzlich packte ihn eine große Lust, aufzustehen, die Bäume auf der Straße und die Sonne zu sehen, die einen kleinen Regenbogen auf die Tapete warf, als sich einer ihrer Strahlen am Schrankspiegel brach. Die stickige, schweißgesättigte Luft und der Geruch von Benzoeharz, der das Zimmer erfüllte, weckten in ihm zum ersten Mal das Verlangen, diese stille Bleibe zu verlassen, die grünen Flüsse zu sehen, die singend unter großen Bäumen tanzen, und auch die vom Krieg verwüsteten Felder.

Die Welt bestand für ihn aus Aufruhr und Trostlosigkeit. Das Haus hatte wohl alles Stille und Ruhige in der Welt aufgesogen. Gleich hinter der Tür erfüllte die Nacht den Platz mit ihrem Zauber, und gehörte der Dachboden voller funkelnden Trödels nicht schon zum Himmel? Er hatte den bitteren Geschmack im Mund, den ein allzu tiefer Schlaf hinterlässt, und nun erhellte der Sonnenstrahl das Zimmer mit einem Licht so sanft wie ein leises Wort. Sein Blick ruhte auf dem Arm der Kleinen und dann auf ihrem roten, weit aufgerissenen Auge. Georges bekam Angst vor dieser kalten und schaurigen Pupille, die ihn leblos anstarrte. Mit der Ferse stieß er sanft das Knie seiner Mutter an, um sie zu wecken, und da sie nicht antwortete, rief er ihr zunächst sehr leise, dann immer lauter ins Ohr: »Mam? Mam?«

»Was?«

Die Frau seufzte tief und schlug die Augen auf. Er wusste nicht, warum er seine Mutter geweckt hatte. Wahrscheinlich, weil er Angst gehabt hatte, und er sagte ihr leise, die Lippen dicht an ihrem Ohr: »Schau, die Kleine! Sie sieht uns …«

Madame Delombre drehte sich zu dem kleinen Bett und erblickte selbst das Auge, das sie ansah. Die Kleine rührte sich nicht. Sie atmete wie eine Schlafende. Die Frau fragte sich, was das zu bedeuten hatte. Sie konnte ihren Blick nicht von dem des Kindes abwenden und drückte unter der Decke Georgets Hand. Sie sagte: »Die Kleine hat bestimmt ein Glasauge.«

Und bei diesen Worten fing der Junge an zu weinen, ohne zu wissen, warum. Madame Delombre fühlte, wie die dicken Tränen über ihre Brüste liefen, und fragte ihren Sohn, warum er weine, aber er kämpfte schwitzend gegen sein Schluchzen; mit feuchten Lippen hielt er den Atem an. Der Gedanke, dass das kleine Mädchen ein Glasauge hatte, brachte ihn zum Weinen.

Menschen mit Behinderung hatten ihm schon immer Angst gemacht, Einäugige aber, die einen mit ihrem starren, förmlich toten Auge ansahen, machten ihn ganz krank. Die Kleine hatte ihm zunächst gefallen, jetzt, da er ihr schreckliches Gebrechen kannte, würde er ihr nicht mehr ins Gesicht sehen können, das ahnte er.

Madame Delombre nahm ihren Sohn lange in den Arm, stand auf und führte ihn hinunter in die Küche, um ihn weit weg von der Kleinen anzuziehen. Sie war damit fast fertig, als im Treppenhaus schnelle Schritte zu hören waren und das kleine Mädchen barfuß und im Nachthemd in der Tür erschien. Ganz allein in einem fremden Zimmer hatte sie Angst bekommen, und ihr linkes Auge glänzte vor Furcht, während ihr farbiges Glasauge starr nach vorn blickte. Als sie sich das Gesicht waschen wollte, ließ sie das Auge behutsam aus seiner Höhle gleiten und legte es am Tischrand ab. Georges konnte diesen Anblick nicht ertragen und floh in den Garten.

Die Kleine war verschlagen. Sie antwortete einsilbig und mit vorgeschobener Unterlippe auf Madame Delombres Fragen. Thérèse bereute bereits, sie aufgenommen zu haben, denn es schien ihr unmöglich, dass ihr Sohn sich an das Zusammenleben mit diesem Mädchen gewöhnen könnte, das selbst ihr – die sonst wenig Phantasie an den Tag legte, wenn es nicht um Liebe oder fleischliche Gelüste ging – einer Erzählung von E. T. A. Hoffmann entsprungen zu sein schien.

*

Allein mit Georget zu leben, belastete sie; deshalb, und nicht so sehr aus Barmherzigkeit, hatte sie ein kleines *Flüchtlingsmädchen* aufnehmen wollen.

Sie wollte sich von der Unruhe ablenken, die sie zu einem Automaten machte, durch das Altern schon schwerfällig geworden und ihren Leidenschaften hilflos ausgeliefert.

In ihrem Körper brodelte das Blut immer heftiger. Je mehr in ihrem Herzen und Geiste die Erinnerung an ihren Mann verblasste, umso schärfer und gebieterischer wurden die Bilder, die das Fleisch ihr vorgaukelte. Sie ging nie in die Kirche, obwohl sie zum Pfarrer und den frommen Frauen des Dorfes freundschaftliche Beziehungen unterhielt. Sie hatte nicht genug Phantasie, um im Glauben eine Ausweichmöglichkeit für ihr großes Bedürfnis nach Liebe zu finden. Wenn jemand sie vorsichtig fragte, warum sie nicht zur Messe ging, gab sie zur Antwort, sie sei nicht im Glauben erzogen worden, und erklärte – wie alle vernünftigen Leute –, dass Gott den Menschen nicht erlauben sollte, sich gegenseitig umzubringen. Diese Anklage erleichterte sie, und die allzu neugierige Fragerin, meist Madame Gardet, erwiderte seufzend: »Ach! Was das betrifft, muss ich Ihnen wohl recht geben, Madame Delombre.«

VIII

Die Kleine gewöhnte sich schnell an das Leben im Haus, aber ihr starres Auge machte Georges noch lange Angst. Wenn sie zu zweit auf dem Dachboden spielten, bat er sie zitternd, ihr Glasauge herauszunehmen. Die Kleine hielt mit einer Hand ihre Schürze fest und drückte sich mit der anderen auf das Augenlid. Schon sprang das Auge heraus, funkelte in der Schürze. Der Junge berührte gern diese glatte Perle. Wer vermag all die Laster, die Kinder erfinden, zu benennen? Olga wusste, dass Georges sie nicht mochte, sie machte ihm gern diese kleine Freude (die ihm im Übrigen großes Vergnügen bereitete), und sobald die Mutter fort war, schürzte sie, als bereitete sie sich für ihren Liebsten vor, mit beiden Händen ihre Röcke über den Knien, und der Junge ließ das Kristall hineinfallen, in dem er sämtliche Traumbilder der Welt schillern sah.

Georges spielte nicht mehr mit den alten Perlen, den verblichenen Stoffen auf dem Dachboden. Er las auch nicht mehr die Zeitschriften voller Kriegsbilder. Nun war das kleine Mädchen sein ganzes Universum, in ihm schlummerte jedoch die von seinem Lehrer gepflegte Erinnerung an seinen Vater.

Unter all den kleinen Waisen im schwarzen Kittel, Söhnen von Bauern, die lediglich ausgezogen waren, um ihren Grund und Boden zu verteidigen, wie man sagte, hatte er den bedeutendsten Toten. Bei den anderen handelte es sich letztlich um Unfälle. Hauptmann Delombre war dem Feind zum Opfer gefallen, weil es sein Beruf war, für Frankreich zu sterben, und wenn im Unterricht von *großen Feldherren* wie Alexander oder Turenne die Rede war, fühlte Georges einen seltsamen Stolz in sich aufsteigen. Während er in seinem Geschichtsbuch einen marmornen Alexander mit hohlen Augen, schönen glänzenden Armen, kräftigen Knien betrachtete, wich die Erinnerung an jenen Delombre, der in Unterhose »Wie sich die Bilder gleichen …« krakeelte und nach *Mandarin-Citron* stank, einem stillen, steinernen Schatten, einem ernsten und gelassenen Toten, dessen *Nachkomme* er war. (Ist *Nachkomme* nicht das Wort, das in Geschichtsbüchern für die Söhne von Fürsten und Helden verwendet wird?)

*

»Du bist doch nicht etwa eifersüchtig?«, flüsterte Madame Delombre ihrem Sohn ins Ohr, während das kleine Mädchen auf der untersten Treppenstufe sitzend Perlen auffädelte und dabei ein Auge zukniff.

Das Kind zuckte mit den Schultern und sah seine Mutter lächelnd an. Die Frau wurde verlegen angesichts dieser schon so *mannhaften* Geste. Seit zwei Wochen war Olga im Haus, und obwohl sie keinerlei Lärm machte, obwohl sie schüchtern war, obwohl sich in ihrem eigenen Leben absolut nichts geändert hatte, fühlte die Frau sich unwohl. Die beiden Kinder wechselten verliebte Blicke, und Madame Delombre brauchte nur irgendwem zu sagen: »Ich komme demnächst mal vorbei«, damit Georges ihr am nächsten Tag, anscheinend durch den Blick des Mädchens ermutigt, auf den Schoß kletterte und sie mit einer gespielt gleichgültigen Stimme, der man die Sehnsucht aber anmerkte, an ihr Versprechen erinnerte.

»Wolltest du nicht Ida besuchen, wegen des Pullovers für ihren Sohn?«

Die Frau antwortete, dass es nicht eile, dass Idas Sohn noch nicht auf Heimaturlaub komme und dass sie mehr als genug Zeit hätte, um ihm seinen Pullover zu stricken, aber nach einer Stunde bemerkte sie, dass ihr Sohn traurig war. Also nahm sie ihre langen Elfenbeinnadeln und ihren Strohkorb, der mit einem blau-weiß-roten Hahn bestickt war, und ging auf dem kleinen Pfad hinter der Schule zu Idas Hof.

Es war Mitte September und die noch warme Sonne

sickerte durch die Haselnusssträucher und übergoss alles mit einem herrlichen grünen Licht. Weit draußen auf den Feldern ertönte der dumpfe Lärm einer Dreschmaschine und das Herz der Frau klopfte dumpf in ihrer Brust. Sie fragte sich, was die beiden Kinder in der schattigen Küche wohl jetzt taten. Sie dachte daran, umzukehren, um sie zu ertappen, schämte sich aber dafür. Sie hatte sich die Kleine zur Ablenkung ins Haus geholt, nachdem sie lange gezögert hatte, aus Angst, Georges könnte eifersüchtig werden. Nun war das Mädchen da, und Georges war keineswegs eifersüchtig geworden, es hatte sich sogar eine Art Einvernehmen zwischen den beiden Kindern entwickelt, das sie ausschloss und von dem sie spürte, dass es stärker war als ihre Willenskraft.

Das Mädchen wegschicken? Mit welcher Begründung? Wie hätte ihr Sohn Olgas Weggang ertragen?

Diese Frau, die ihr Leben als einfache Bäuerin begonnen hatte, vielleicht etwas hübscher als die anderen, aber genauso beschränkt, und die jetzt von fleischlichen Gelüsten gequält wurde, entwickelte einen überraschenden Scharfsinn. Sie erfasste die Seele ihres Sohnes bis in die kleinsten Winkel und ergründete sie voller Achtung. Sie wusste nur zu gut, was es bedeutete, einsam zu sein, um Georges dieses Leid zuzumuten.

Sie stand mitten auf dem Pfad und meditierte, falls man jenen klarsichtigen Schmerz Meditation nennen kann, der einsetzt, wenn die Vernunft zu brutal ist, um ihren Dienst zu versehen. Allein, sie war allein, für immer, mit diesem lächerlichen Korb in der Hand und diesem großen Strohhut auf dem Kopf. Sie, die es nicht verstanden hatte, das Leben zu genießen, als die stattlichen Offiziere, Freunde ihres Mannes, ihr hinterherliefen und ihr den Hof machten …

*

Als sie bei Einbruch der Dunkelheit zurückkam, traf sie die Kinder auf der Türschwelle sitzend an. Die beiden hatten den Tisch gedeckt und Feuer gemacht. Die freundschaftlichen Blicke, die sie ihr schenkten, befremdeten die Frau. Die Kinder erschienen ihr brav und ausgeruht. Eine Andere hätte in Anbetracht dieser Ausgeglichenheit ihre Befürchtungen beiseitegeschoben, sie hingegen versuchte sich nur zu beruhigen, um ihren Schmerz zu steigern.

Als sie mit ihnen sprach, antworteten beide Kinder klar und gelassen. Thérèse verglich die bange Miene ihres Sohns, als er sie gefragt hatte, ob sie nicht ausgehen wolle, mit seinem jetzigen Ausdruck. Sein Gesicht war das eines glücklichen Mannes. Das Mädchen schwieg und senkte den Blick. Die Frau stellte sich den wonnevollen Nachmittag vor, den sie zusammen verbracht haben mussten. Sie hatten wahrscheinlich nichts Verwerfliches getan – oder nur das, wozu sie imstande waren … und ihr wurde vor Eifersucht eng ums Herz. Da sie ihre Suppe nicht anrührte, sagte Georget: »Hast du keinen Hunger, Mam?«

Weil sie keine Antwort wusste, begann sie, energisch zu essen, wie um den beiden zu zeigen, dass ihre Liebe sie kaltließ und sie sich nicht im Geringsten darum scherte. Die Kinder verstanden es nicht …

*

Der Krieg erreichte die drei nicht mehr. Er erschütterte weiterhin einen großen Teil des Erdballs, aber es schien, als trennte ein magischer Kreis dieses Haus vom Rest der Welt. Im großen Saal des Rathauses stellte man die Siege und Niederlagen mit kleinen Fähnchen auf einer Europakarte nach, in der Villa jedoch wühlten weniger offenkundige Siege und Niederlagen das Herz der Frau noch tiefer auf. Was kümmerte sie der Verlust von hunderttausend Männern vor Verdun (so sprachen diese friedfertigen Leute von den Toten), da sie keinen dieser Männer geliebt hatte, und was kümmerte sie die Versenkung irgendeines deutschen Schiffs, wenn das Mädchen, als sie zu ihm sagte: »Wirst du dich an uns erinnern, wenn du nach dem Krieg in deine Heimat zurückgekehrt bist, meine kleine Olga?«, Georget mit einem Ausdruck inniger Liebe um den Hals fiel, statt ihre Frage zu beantworten? Sie stand dann still und reglos vor den beiden Kindern, wie eine Statue der Einsamkeit.

Es entspann sich ein Drama, nicht zwischen diesen drei Seelen, sondern allein in Madame Delombres Seele, die durch ihre Leidenschaft geblendet und in die Irre geführt wurde. Zu dritt saßen sie in dem kleinen, von bereits gelben Hecken umgebenen Garten; unter dem blutigen Schaum des wilden Weins, der die Tür umrankte, blickten ihre Augen auf Welten, die einander fremd waren. Die von Hornissen umschwirrten Stockrosen wuchsen in roten und grünen Reihen gerade in den Himmel hinauf, eine von der Sonne vernachlässigte Sonnenblume beugte ihren tristen, samtenen Mond über die Wiese und der kleine Garten trieb, trieb dahin, haltlos wie ein verlassenes Floß, beladen mit einer ausgehungerten Seele ohne Nordstern, und verlor sich bald in einer gewittrigen und drückenden Nacht …

*

Eines Morgens traf Thérèse Delombre Madame Gardet im Gemischtwarenladen. In dem nach ranzigem Schinken und Camembert riechenden Geschäft schnitt die Krämerin sorgfältig Lebensmittelkarten für Zucker und Fleisch aus. Während die anderen Frauen bedient wurden, nahm Mutter Gardet Madame Delombre zur Seite, drückte mit ihren mageren Fingern den Ellenbogen der jungen Frau wie ein schüchterner Liebhaber oder eine allzu zärtliche Freundin und wisperte ihr ins Ohr: »Was halten Sie von Ihrer kleinen Schutzbefohlenen, meine Liebe?«

Ihre zwei faulen Zähne verpesteten ihren Atem und jedes einzelne Wort, das sie sprach.

Madame Delombre antwortete, sie sei recht zufrieden mit der Kleinen, auch wenn die Erziehung des Mädchens sehr zu wünschen übrig lasse.

»Sie können sich glücklich schätzen, ich selbst bin leider ganz und gar nicht zufrieden. Diese Leute haben keinen Anstand. Was ich Ihnen nun sagen werde, müssen Sie natürlich für sich behalten. Stellen Sie sich vor, da lässt meine Noémie doch neulich ihren Geldbeutel mit fünf oder sechs Ein-Franc-Stücken auf der Kommode liegen. Bei ihrer Rückkehr hat eines gefehlt, und die Kleine, die wir aufgenommen haben, war alleine hochgegangen, um die Betten zu machen. Mehr brauche ich wohl nicht zu sagen! Was meinen Sie? Ach! Ich weiß ja, Kinder sind Kinder, aber ich werde ein kleines Experiment machen: Ich lege ein Zwanzig-Sous-Stück neben das Tischbein. Ach! Nur um sicherzugehen, nicht wahr? Wenn es verschwindet, benachrichtige ich den Bürgermeister.«

Zum ersten Mal fand Madame Delombre sie lächerlich. Ihre Worte strotzten so sehr vor Boshaftigkeit, dass selbst die beschränkteste Person sie für widerwärtig gehalten hätte.

Doch als Madame Delombre in die kleine Straße abgebogen war, die zum Platz führte, und sich Madame Gardets derber Mundgeruch und der Klang ihrer Stimme verflüchtigt hatten, stieg aus ihrem tiefsten Inneren eine Idee auf. Zuerst war es noch keine Idee, sondern eine Art fröhlicher Wirbel, der ihrem Herzen entsprang und ihr auf dem Weg nach oben die Brust zu verbrennen schien.

Zuhause angekommen, gab sie den beiden Kindern einen Kuss und streichelte ihnen ausgiebig das Haar.

In der folgenden Nacht hatte sie einen grauenvollen Traum, und als sie die Augen aufschlug, war sie kraftlos und leer wie nach einer Liebesnacht. Es war ein Traum, der alle Begierden in ihr weckte, die sie glaubte erstickt zu haben. Die verführerischen Bilder, gegen die sie am Tag ankämpfte, hatten sie auf dem leichten Weg des Schlafs übermannt; ein Traum, der sie einsam in den Laken zurückließ wie eine nackte, gestrandete Leiche nach einem Sturm. Unter ihren geschlossenen Lidern wollte er sich fortsetzen, erfüllte sie zugleich mit Lust und Schmerz.

Sie lag in einem Schützengraben bei einem schönen, entblößten Körper, der nicht mehr leben wollte, blutüberströmt und voller zarter Schatten. Sie spielte mit diesem leidenschaftlichen Gespenst, entriss es auf mancherlei Art dem Tod. Der Verletzte küsste ihren Hals, ihre Brüste.

Dieses nackte Gespenst trieb nun im stickigen Schlafzimmer zwischen den vertrauten Möbeln umher, die im Halbdunkel reglosen, geheimnisvollen Tieren glichen, trieb wie ein Ertrunkener mit funkelnden Augen in einem schwarzen Fluss.

*

In großen, gelben Wogen fiel die Sonne in die Küche. Es war abzusehen, dass der Tag heiß werden und unruhigen Seelen nichts Neues bringen würde. Überdruss. Thérèse Delombre fühlte nicht mehr, dass sie am Leben war. Sie war in jenem schlafwandlerischen Zustand, in dem all die Freude, die dem Bedürfnis nach Liebe innewohnt, ertränkt wird von dem Schmerz darüber, dass es nie befriedigt werden kann; jenem Zustand, der die Zeit stillstehen lässt und zugleich unseren Drang zu leben verdoppelt. Wir fühlen, dass sich tief in uns der Tod anbahnt, weil wir imgrunde nicht beweisen können, dass wir lebendig sind.

Sie war beunruhigt. Obwohl ihr die genaue Bedeutung des Traums nicht klar war, spürte sie, dass seine Auswirkungen sich ihr bald erschließen würden. Sie glaubte zunehmend an Vorzeichen.

Im Laufe des Kriegs breitete sich, während alle mit der handfesten Arbeit der Zerstörung beschäftigt waren, im Hinterland eine esoterische Welle aus. Die Zeitungen waren voller Voraussagen, und Frauen vergeudeten ihre Zeit mit endlosen Patiencen. Man hatte in der Tat die primitive Seele wiederentdeckt, und die Wahrsagerinnen legten beim Verteilen von Hoffnung mehr Weisheit an den Tag als die Behörden beim Verteilen von Brot und Zucker. Thérèse Delombre hatte in dem Schrank, der ihr als Bücherregal diente, ein richtiges Traumdeutungsbuch, das sie zu Rate zog, wenn sie im Schlaf von seltsamen Träumen heimgesucht worden war. Madame Gardet machte sich zwar über diese Manie lustig, die sie als harmlos bezeichnete, folgte aber den Ratschlägen des Orakels jedes Mal ohne zu zögern, wenn sie es spaßeshalber befragte.

Thérèse Delombre zog einen Morgenmantel an, setzte Kaffee auf und holte das magische Buch aus dem Schrank: *Madame Marys Almanach*, das einzige Werk, dem sie Glauben schenkte, weil es den Tod des Hauptmanns vorausgesagt hatte. In ihrer Erinnerung war der Traum noch immer in jenes warme, trübe Licht getaucht, das wirklich intensiven Träumen zu eigen ist. Nun galt es, das hervorstechende Merkmal dieser Weissagung zu bestimmen. *Liebe?* Diese Definition kannte sie auswendig (so oft träumte sie von Liebe!): »Geben Sie die Hoffnung nicht auf, Sie werden noch viel Liebe erfahren.« Thérèse suchte nach einem Eintrag für *Verwundeter*, und selbstverständlich hatte man ihn in den Kriegsauflagen nicht vergessen! Dort stand:

Verwundeter, leicht: »Sie werden lange auf Neuigkeiten eines Ihnen nahestehenden Menschen warten müssen, aber geben Sie die Hoffnung nicht auf.«

Verwundeter, schwer: »Nehmen Sie sich vor einer Person in Ihrer Umgebung in Acht.«

Natürlich war der Mann aus ihrem Traum schwer verwundet. Madame Delombre warf dem Mädchen einen gehässigen Blick zu. Mit Sicherheit war Olga die einzige Person im Haus, vor der man sich in Acht nehmen musste. Die Antwort des Orakels stimmte voll und ganz mit ihren Wünschen überein, und kaum hatte sie diese gelesen, übermannte sie ein gewaltiger Hass auf das Mädchen. Sie hatte sich nicht eingestehen wollen, wie sehr sie die Kleine verabscheute, aber nun hatte sie es schwarz auf weiß, ein Grund, der mehr Bestand hatte als ihre hemmungslosen Gefühlsausbrüche, ließ all ihre lange verdrängten Gedanken Gestalt annehmen. Entschlossen, das Mädchen aus dem Haus zu jagen, rief sie ihren Sohn. Sie wusste nicht weshalb. Wohl, weil man in Momenten großer Aufregung jemanden in seiner Nähe braucht.

»Hast du Olga gern?«, fragte sie.

Das Kind gab keine Antwort. Es verstand, dass seine Liebe zu Olga nicht jene war, die seine Mutter meinte. Sie sah die Unsicherheit in seinem Blick.

»Wie sehr magst du sie? So sehr wie mich?«

Da verkündete das Kind unvermittelt, mit verzerrtem Mund: »Ich mag sie überhaupt nicht.«

Diese Antwort kränkte sie. Gern hätte sie ein unschuldiges Geständnis seiner Liebe für das Mädchen gehört.

»Warum weichst du dann nie von ihrer Seite?«

»Weil mir allein langweilig ist.«

In diesem natürlichen und ungezwungenen Satz möchte sie vielerlei erkennen, sie legt die Hand auf die Schulter des Jungen, denn sie fürchtet trotz allem, dass die Neuigkeit ihn allzu schwer treffen könnte, sucht in seinem Gesicht nach dem kleinsten Anzeichen von Schmerz, der sie, wie sie spürt, von ihrem Vorhaben abbringen würde, und lügt ihn dann an.

»Ich muss Olga wegschicken. Sie hat mir Geld gestohlen.«

Der Kleine zuckte nicht mit der Wimper. Die Frau war von der Flüchtigkeit ihrer Lüge enttäuscht. Sie hatte alles auf einmal gesagt und spürte keine Erleichterung. Also redete sie weiter, und anstatt etwas zu erfinden, das die Kleine gestohlen haben könnte, berichtete sie Georget wortwörtlich Madame Gardets Geschichte – ob aus Mangel an Phantasie oder weil der Vorfall, da er sich wirklich ereignet hatte, zumindest ein wenig realistisch anmutete. Die Nachricht, dass Olga seiner Mutter zwanzig Sous gestohlen hatte, schien Georget kein bisschen nahezugehen. Mit zugeschnürter Kehle sprach Thérèse Delombre weiter: »Du siehst ja, dass die Kleine nichts taugt. Ich habe sie aus Barmherzigkeit dabehalten. Wenn ich jetzt auch noch alles wegsperren muss …«

»Du kannst sie ja einfach zu ihrer Mutter zurückschicken.«

Da fiel Georget Madame Delombre um den Hals, um ihr zu beweisen, dass sie ihm lieber war als alle Olgas der Welt, und vielleicht auch, weil das Auge nicht scharf sehen kann, wenn sich zwei Gesichter bei einem Kuss sehr nahe kommen, sodass man die Blässe der Wangen und die Tränen an den Wimpern nicht mehr wahrnimmt.

Niemand ist falscher und heuchlerischer als ein Kind. Das Vertrauen, das man ihm seit Jahrhunderten zu schenken pflegt, ist sein wirksamster Schutz gegen den Blick der Erwachsenen. Thérèse Delombre war erleichtert und ruhig. Eine Lüge zu erfinden ist leichter, als sie glauben zu machen. Sie war überzeugt, dass Georget ihr geglaubt hatte, so sehr wünschte sie es sich! Sie nahm Georgets Hände von ihrem Hinterkopf, befreite ihren Hals aus den dünnen Armen des Jungen, küsste seine kleinen Handflächen in einem Anfall von Dankbarkeit und sagte ihm, er solle spielen gehen.

Er ging in den Garten und sie stieg hastig die Treppe zum ersten Stock hinauf. Sie rannte ins Schlafzimmer und stellte sich ans Fenster. Durch die einen Spaltbreit geöffneten Fensterläden sah sie die beiden Kinder Seite an Seite unter dem üppigen roten Rosenstrauch. Georget drückte der Kleinen ein silbernes Geldstück in die Hand und sagte leise und mit abgewandtem Blick: »Hier, sag meiner Mutter, dass du es gefunden hast.«

Er war nicht sicher, ob Olga unschuldig war, was kümmerte ihn das! Trotzdem wollte er sich selbst davon überzeugen. Das Glasauge auf sein Gesicht gerichtet, wie vergrößert vor Überraschung, fragte die Kleine ihn, warum er ihr zwanzig Sous gebe. Plötzlich trat die Lüge der Mutter in seinem Geist klar und deutlich zutage. Er spürte, dass etwas für ihn verloren war. Er hob den Blick und sah, dass die Frau die beiden durch den Spalt des Fensterladens beobachtete. Zärtlich, mit gedämpfter Stimme sagte er: »Warum hast du meiner Mutter zwanzig Sous gestohlen?«

Die Kleine schwor, das sei nicht wahr, sie weinte und schrie. Thérèse Delombre, die sich an die Fensterbrüstung presste, bekam keine Luft mehr. Man hätte sie durch das herzförmige Loch im Fensterladen erröten sehen können. Der Kleine nahm das Mädchen in den Arm und vergaß dabei, dass seine Mutter ihn beobachtete: Noch nie hatte er solche Hilflosigkeit gesehen, und er war ergriffen von so viel Schmerz. Die Vorstellung, Olga könnte weggehen, brachte ihn zur Verzweiflung, und er hielt sie dazu an, um Verzeihung zu bitten und alles zu gestehen … auch wenn es nicht stimmte. Die Kleine schüttelte den Kopf.

Ein Tränlein traf den Jungen und glitzerte einen Augenblick lang wie ein Tautropfen.

Aus dem Fenster drang eine schneidende, schrille Stimme. Fragte sich Thérèse Delombre später jemals, ob diese Worte wirklich aus ihrem eigenen Mund gekommen waren?

»Ach was! Dieses garstige Mädchen würde sich doch eher die Zunge abbeißen, als die Wahrheit zu sagen.«

Die beiden Kinder trennten sich. Das bleiche Kinn der Frau verschwand aus dem Spalt zwischen den Fensterläden. Zutiefst verstört stieg sie langsam die Treppe hinunter. Die hohen Stockrosen loderten noch immer in der Sonne und die schweren Lastwagen fuhren donnernd über den Pont-des-Vaches …

IX

»Nein! Nein, ich will keins mehr. Man gewinnt sie lieb, und so danken sie es einem!«, sagte Thérèse Delombre zum Bürgermeister, als dieser ihr ein anderes Flüchtlingsmädchen als Ersatz für Olga anbot. Er bat sie, nicht preiszugeben, aus welchen Gründen sie Olga loswerden wollte, damit man die Kleine bei jemand anderem unterbringen könne, und nachdem er Madame Delombre für ihre selbstlose Unterstützung der Kriegswohlfahrt gedankt hatte (diese prachtvolle Obstschale, die sie für die Tombola zugunsten der »Pakete für Gefangene« gespendet hatte!), stieß er mit dem Knie das Türchen zum Platz auf. Endlich! Die Sache war erledigt! Sie wollte davon nichts mehr hören. Seit dem Morgen litt sie Seelenqualen.

»Meine Nerven lagen blank«, wie sie selbst sagte. In dieser Verfassung war sie bei allem ganz mechanisch vorgegangen, und als es Abend wurde, war sie überaus froh, ins Bett zu gehen. Sie war körperlich so erschöpft, als wäre sie meilenweit gelaufen.

Ach! Was war das bloß für eine erbärmliche Gegend, aus der sie kam? Ihr Sohn hatte sie genauso zärtlich geküsst wie jeden Abend, aber sie ahnte, dass er ihr böse war. Sein Blick war verschlossener als sonst. Sie verspürte leise Schuldgefühle. Er lag in dem Bett, das fast einen Monat lang dem kleinen Mädchen gehört hatte, und war hellwach. Die Frau hörte alle Viertelstunde, wie seine Beine auf der Suche nach ein wenig Frische über das Laken streiften.

In der drückenden Nachtluft lag ein Gewitter, das über dem Luberon heraufzog. Gegen drei Uhr nachmittags hatte man die grauen Häupter der Wolken auftauchen sehen wie die Köpfe der ersten Rinder einer Herde, und dann erschallten ihre donnernden Schritte in den grünen Schluchten der Berge. Im Schatten eilte der Uhrzeiger voran, und man vernahm auf dem marmornen Kaminsims den Widerhall seines regen Schritts. Die Fensterläden waren einen Spaltbreit offen, der Junge spähte voller Entsetzen nach dem Lichtschein der Blitze, die jeden Moment am Himmel erscheinen mussten. Er hatte schon immer Angst vor Gewittern gehabt, genau wie seine Mutter. Wenn sich eines dieser romantischen und verheerenden Gewitter des Comtat anbahnte, schlüpfte er normalerweise ins Bett seiner Mutter und wartete, das Gesicht an ihre Brust geschmiegt, auf das Ende des Getöses.

Heute Nacht wollte er nicht zu ihr ins Bett kriechen. Es war ihm lieber, allein vor Angst zu sterben, als die Worte zu hören, die ihm seine Mutter jedes Mal ins Ohr raunte und durch einen Kuss besiegelte: »Falls wir jetzt sterben, sterben wir wenigstens zusammen.«

Ein blassblauer Blitz schlüpfte durch den Spalt des Fensterladens und zerbarst mitten im Zimmer in tausend Farben. Das Kind schloss die Augen. Die Mutter vergrub ihr Gesicht im Kissen. Durch seine geschlossenen Lider sah Georget das Gewitter rot glühen. Das blendend weiße Licht färbte sich rosa, als es durch seine Adern drang, und obwohl nur selten jemand mit ihm über Gott sprach, glaubte er, es sei nun an der Zeit, an ihn zu denken. Er wusste nicht, wie er sich vor dem Feuer schützen sollte. Unbeholfen dachte er an seinen Vater, an Gott, an die Heiligen. Er glaubte sich dem Tode nah, wollte aber nicht die Mutter um Schutz bitten.

Plötzlich hörte man Regen über die Ziegel rinnen. Die aufgehängte Wäsche, die Septemberblumen, der Wein mit seinen bis in den Schlamm herabhängenden Trauben würden den Regenguss sicher gierig aufnehmen. Das Gras auf den Feldern musste mit Wasser vollgesogen sein, die Pfade im Luberon weich dem Tritt wilder Tiere nachgeben. Ein feuchter Wind wehte über das ganze Comtat. Die Sorgue gab ein dumpfes Brausen von sich. Die Luft im Schlafzimmer war trocken und elektrisch aufgeladen. Aus dem Schatten drang eine flehende, reumütige Stimme. Wie eine Träne schien sie über das Kissen zu fließen: »Georget, schläfst du?«

Sie wusste genau, dass er nicht schlief. Ein gewaltiger Donner ließ die Erde erzittern. »Der ist sicher ganz in der Nähe eingeschlagen«, sagte sie sich. Der Junge lag völlig reglos da. Er antwortete nicht. Sie gab es auf, mit ihm zu reden. Angst überkam sie.

Am nächsten Morgen fragte Thérèse Delombre ihren Sohn, ob er etwas von dem Gewitter mitbekommen habe. Er senkte wortlos den Blick, unter seinen Augen waren dunkelbraune Ringe. Sie wollte mit ihm sprechen, ihn fragen, warum er schmollte. Er entzog sich.

Vor der Tür, unter der Laube, war der Boden zertrampelt. Schwere Männerstiefel hatten im Schlamm Spuren hinterlassen. »Die haben wohl Schutz vor dem Gewitter gesucht«, dachte die Frau. Während sie sich noch fragte, welche Männer wohl in dieser Nacht an ihrem Haus vorbeigekommen waren, sah sie neben der Türschwelle etwas glitzern. Einen Metallknopf, auf den ein Adler mit zwei Köpfen geprägt war. Da verstand sie: »Die Boches, die Boches von La Nesquière auf dem Rückweg vom Café.«

Nachdem sie den Knopf sorgfältig gewaschen hatte, legte sie ihn auf das Kaminsims zwischen die Lampe und die Salzdose, wo er im hellen Mittagslicht leuchtete wie der stählerne Blick der Kleinen, die sie aus einer Laune heraus weggeschickt hatte.

X

Ein Monat war vergangen, seit Olga fort musste. Der Kleine schien sich sehr zu langweilen, seit er das einäugige Kind nicht mehr um sich hatte. Nie war das Leben trübsinniger gewesen. Olgas Abwesenheit machte selbst Thérèse Delombre zu schaffen. Es schien, als hätte eine sehr wichtige Person das Haus verlassen. Nachdem Georget ein paar Tage lang geschmollt hatte, kehrte er wieder auf den Schoß seiner Mutter zurück, als wäre zwischen den beiden nichts vorgefallen. Hatte er die Kleine vergessen oder verbarg er seine Gefühle? Thérèse Delombre wusste es nicht, aber er umarmte sie mit so feuriger Leidenschaft, hielt sich mit solcher Inbrunst in ihrer Nähe auf, dass sie begriff, wie oft ihm nach Weinen zumute war. Der Tod seines Vaters hatte ihn nur wenig berührt. Der Tod ist für Kinder eher überraschend als angsteinflößend, jetzt aber brauchte nur jemand den Hauptmann zu erwähnen, um in ihm eine starke Sehnsucht nach seinem Vater zu wecken. Sein Herz war nunmehr für Unglück empfänglich. Das Kind und die Frau waren im Schmerz der Verlassenen vereint: Bevor die Kleine in das Leben des Jungen getreten war, hatte nur die Mutter versucht, ihre quälende Liebe zu vergessen, jetzt hingegen hatte auch er als unglücklich Liebender Erinnerungen, die er hinter sich lassen wollte.

Wenn er allein auf dem Dachboden war, inmitten der alten Möbel und verblichenen Stoffe, träumte er noch. Doch die Welt, die er in Gedanken erschuf, war nicht mehr dieselbe wie früher. Die herrlichen Blumen der Phantasie waren verwelkt, und schon jetzt lag die Traurigkeit wie ein Schatten auf seiner Kindheit.

*

Eines Morgens erhielt Thérèse Delombre einen Brief mit ausländischen Briefmarken. Die hoch aufragende Handschrift war überaus majestätisch. Der Brief stammte von der Schwester des Hauptmanns, einer in England lebenden Nonne, mit der er zerstritten gewesen war und über deren Verbleib man seit der Trennung nichts wusste.

Als seine Tochter den Wunsch geäußert hatte, ins Kloster zu gehen, verkündete Vater Delombre, es wäre ihm lieber, der erstbeste seiner Hilfsarbeiter würde sie schwängern – er war nämlich Unternehmer –, als dass aus ihr eine Nonne würde. Sie zog Gott ihrer Familie vor. Für einige Zeit blieb sie im Kloster von Carpentras, wo ihre Mutter sie freitags besuchte, um ihr Gemüse und Obst zu bringen, jedes Mal unter Tränen – der Vater hatte ihr versichert, er würde ihr eine Kugel in den Kopf jagen, wenn sie sich mit ihrer Tochter träfe.

Da das Kloster an der Straße lag, nahm der Vater jedes Mal, wenn er in die Stadt ging, einen Umweg von zwei oder drei Kilometern auf sich, um nicht an dem unseligen Tor vorbeizukommen. 1907 dachte er schon, sie hätte Gott aufgegeben, aber sie war nach England ausgewandert. Man hatte nie wieder von ihr gehört. Jetzt schrieb sie ihrer Schwägerin einen Brief, der klang, als kämen seine Worte direkt von Gott.

Sie war sehr gebildet und sehr vornehm, das spürte man bei jedem Wort. Sie hatte von jedem Todesfall in der Familie zum jeweiligen Zeitpunkt Kenntnis erhalten. Sie wusste, dass ihr niemand blieb außer ihrer Schwägerin und ihrem Neffen. Sie sprach vom Krieg und davon, dass man Gott vertrauen müsse, mit einer Erhabenheit und Überzeugung, die Thérèse Delombre nicht gewohnt war und die sie tief berührte. Wie alles, was den Anschein erweckte, zur sogenannten »besseren Gesellschaft« zu gehören, faszinierte sie auch dieser Brief aus so weiter Ferne. Die glanzvolle Unterschrift *Schwester vom Heiligen Johannes zu Jerusalem* traf sie mitten ins Herz.

Die Nonne erwähnte den Streit mit keiner Silbe. Es schien, als schriebe sie von einem anderen Planeten, auf den sie eine Naturkatastrophe verbannt hatte, und ihre langen Sätze, ausgewogen und kühl, waren das Wort Gottes. Ja, es war in der Tat jene tiefe Stimme ohne den geringsten Atemhauch. Die Nonne hatte dem Brief ein goldenes Heiligenbild für den Jungen beigelegt und schrieb, sie sei sicher, er liebe den Herrn, bete für das Seelenheil seines Papas und dergleichen mehr.

Thérèse Delombre eröffnete ihrem Sohn, dass er eine Tante hatte, die ins Kloster gegangen war, und las ihm den Brief von Anfang bis Ende vor. Das Kind war zutiefst bewegt, dass man seinen Gebeten so viel Aufmerksamkeit schenkte, und der Name Gottes, der so oft wiederkehrte, erschien ihm wie der Name eines mächtigen Unbekannten, der über alle Gunst verfügte, die er gern erfahren hätte. Madame Delombre antwortete ihrer Schwägerin unverzüglich mit einem möglichst würdevollen und eleganten Brief und erhielt einige Tage später ein weiteres Schreiben, in dem die Nonne um ausführliche Details über die Erziehung des Kindes und um eine Photographie bat. Da kam Thérèse Delombre ins Grübeln.

Das Kind war im richtigen Alter für den Katechismusunterricht. Alle Kinder aus der Gegend gingen hin, sogar die aus gar nicht frommen Familien, da in diesen unruhigen Zeiten eine gewaltige Welle des Glaubens im Hinterland aufstieg. Diese scheinbar gottverlassenen Frauen und Männer wandten sich Gott wieder zu. Das Volk kroch unterwürfig zur Heiligen Jungfrau wie ein Liebender hinter seiner fliehenden Angebeteten herkriecht. Man wollte lieber an Strafe als an Abkehr glauben, und so stiegen in den Jahren 1914 bis 1918 sicherlich weniger Gotteslästerungen zum Himmel empor als im restlichen Jahrhundert. Inmitten der Felder im hellen Licht des Südens hörte man niemanden mehr fröhlich »Herrgott noch mal!« rufen. Im Schlamm, der bereits ihre geschwollenen Beine schluckte, falteten die Männer ihre Hände. Die Frauen beteten in den Kirchen.

Madame Delombre sagte sich: »Was, wenn Georget es mir eines Tages übel nimmt, dass er nicht zur Erstkommunion durfte? Was, wenn seine Tante eines Tages zurückkommt und merkt, dass der Junge nicht einmal weiß, wie man sich bekreuzigt?«

Das Kind könnte sich ebenfalls gegen sie wenden. Sie wollte ihre mütterlichen Pflichten nicht vernachlässigen. Zu ihren Gewissensbissen kamen praktische Erwägungen hinzu. »Die Nonne ist sicher reich«, sagte sie sich, »was, wenn sie ihren Neffen enterbt, weil er nicht im Glauben erzogen worden ist?« Sie sah den wutentbrannten jungen Mann schon vor sich. Er würde ihr vielleicht vorwerfen, dass sie nicht verstanden hatte, in seinem Interesse zu handeln.

Sie sagte zum Kind: »Willst du zum Katechismusunterricht gehen?«

Wohin wäre Georges nicht gegangen, um ein anderes

Gesicht als das seiner Mutter zu sehen? Trotz aller Unannehmlichkeiten, die für sie damit verbunden waren, entschied sich Thérèse Delombre, den Mann aufzusuchen, der die Dorfkinder den Katechismus lehrte. Da der junge Pfarrer eingezogen worden war, kam sonntags der Pfarrer von Châteauneuf-de-Gagagne, um die Messe zu lesen, und zur Vorbereitung auf die Erstkommunion wurden die Kinder einem Mann anvertraut, der gewissermaßen das Priestergewand abgelegt hatte, ohne es jemals angelegt zu haben (denn am Tag der Priesterweihe hatte er weinend erklärt, er sei des Amtes nicht würdig); ein berüchtigter Monarchist der Region, den man immer durch die dichte Hecke seines Gartens schimpfen hörte, die Republik sei am Krieg schuld und an allen Abscheulichkeiten, die ihm folgen würden. Den Frauen erzählte er, dass Gott, verärgert, weil es in Paris keinen König mehr gab, die Absicht hege, alle Franzosen auszurotten. Den Männern erklärte er ihr Leid auf eine vernünftigere und weniger brutale Weise. Alle Bewohner der Gegend – auch seine politischen Feinde – gestanden ihm zu, ein Feingeist zu sein.

XI

In jedem Haus des Dorfes spielte sich inmitten der vertrauten Möbel ein kleines Drama ab. Trotzdem herrschte ein Anschein von Frieden auf den Plätzen und Straßen. Hätte nicht hier und da ein blauer Mantel an einem Draht gehangen, wären nicht zwischen den flötenden Stimmen der Einheimischen die kantigen Akzente der Flüchtlinge ertönt, so hätte man sich noch in jener ruhigen und friedlichen Gegend wähnen können, die das Comtat vor 1914 gewesen war. Eines verkündete jedoch, dass noch immer Krieg war, das Trio der Boches: Otto, Friedrich, Oswald. Da die Fußballsaison zu Ende war, spielten sie nicht mehr. Seit der Ankunft der Flüchtlinge in der Region zeigten sie sich tagsüber – ob aus Angst oder Scham? – seltener in der Öffentlichkeit. Ein, zwei Monate lang hatten die Leute mit jener Vorliebe für alles Neue, jener Gastfreundschaft, jener Begeisterung für alles Fremde, die für die Bewohner des Comtat charakteristisch ist, ausschließlich über die Deutschen gesprochen. Diese schienen reich, und Vermögen spielt in dieser geldliebenden Region eine große Rolle.

Weil die Deutschen aber nicht so leicht Bekanntschaften knüpften wie die Einheimischen, obwohl sie nur zu gern allen gefallen hätten, versiegte die Sympathie, die sie zunächst genossen hatten, und man ließ sie einfach kommen und gehen, ohne ihnen Beachtung zu schenken. Seit einigen Tagen hörte Thérèse Delombre ihre lauten Schritte auf dem Kiesweg, denn die Deutschen nahmen inzwischen den Pfad, der an der Sorgue entlang führte, wenn sie zum Hof zurückgingen, und kamen so an ihrem Haus vorbei.

*

Es war kurz vor neun Uhr abends und die Nacht um das Dorf herum bereits undurchdringlich. Wahrscheinlich bedeckte der erste Schnee den Gipfel des Mont Ventoux mit einer weißen Schicht, und ebendort, am westlichen Horizont, stieg ein milchiges und gleichmäßiges Licht empor: das Licht der Sprengstofffabrik von Sorgues. Der ganze Westen war von jenem übersinnlichen Licht erhellt. Geheimnisvolle Annamiten, die aussahen, als hätten sie in der Pikrinsäure, die sie verarbeiteten, gebadet, liefen zwischen den grauen und stillen Granaten hin und her. Die Leute aus den Dörfern im Umkreis von fünf Kilometern betrachteten jeden Abend dieses höllische Licht … So vertrieben sie sich die Zeit.

Der Kleine saß vor der Tür und Thérèse Delombre brachte die Wäsche für die Nacht hinein, die tagsüber im Freien getrocknet war. Mit den Armen voller Hemden, deren Weiß im Schatten strahlte, als gäben sie nun das ganze am Tag aufgesogene Licht zurück, ging sie vorsichtig zwischen den Gartenbeeten, um nicht die Schwertlilien oder die Salatköpfe zu zertreten. Sie pflückte die Holzklammern vom Draht und steckte sie in ihre Schürzentasche. Eine Klammer fiel ihr herunter, sie bückte sich, um sie aufzuheben, und als sie sich wieder aufrichtete, erfasste sie ein Schwindelgefühl. Die Art von Schwindel, die einen überwältigt, wenn ein großes Ereignis naht. Alles in ihrem Leben würde nun anders werden, da Georgets helle Stimme durch die Hecke drang, vermischt mit dem rauen und ungelenken Französisch der Deutschen.

Das überraschte sie. Warum war der sonst so schüchterne Georget nicht hineingegangen, als die drei Gefangenen sich näherten? Reglos lauschte Thérèse. Die Deutschen stellten dem Kind liebenswürdige Fragen. Plötzlich sagte das Kind: »Mein Vater ist im Krieg gefallen.«

Thérèse erkannte am Tonfall ihres Sohnes, dass es sich nicht um eine Antwort handelte. Sie hielt die Soldaten für viel zu wohlerzogen, um eine Frage zu stellen, die auch nur im Entferntesten nach einer solchen Antwort verlangt hätte. Sie sah in diesem Satz eine Aufwallung von Nervosität, wie sie ihr Sohn häufig hatte.

Es folgte Stille, dann ertönte eine tiefe Stimme durch den Weißdorn: »Meiner auch. Mein Vater ist auch im Krieg gefallen.«

Das war Otto. Er wollte dem Buben sagen, dass sie Brüder waren. Diesen Worten folgte wieder eine lange Stille, und wie aus Angst, die Männer könnten gehen, bevor sie käme, legte Thérèse die Wäsche auf dem Korbsessel ab. Sie gab vor, ihren Sohn zu suchen, und trat ans Tor.

Beim Anblick ihres hellen Kleides erhoben sich die drei Männer, die im Gras neben einer Platane saßen. Es entstand ein Moment der Verlegenheit, den Thérèse beendete, indem sie mit der etwas lächerlich anmutenden Betonung, die sie vor dem Krieg im Salon der Frau des Obersts gepflegt hatte und die sie vor den Bauern nicht zu verwenden wagte, zu ihnen sagte: »Bleiben Sie nur sitzen, meine Herren. Ist dir nicht kalt, Georget?«

Die Männer setzten sich wieder. Sie hatten nichts zu sagen und musterten Thérèse im Schatten. Sie war zwar sehr gewöhnlich, aber beileibe nicht hässlich. Es war lange her, dass die Männer in einer so beschaulichen Sommernacht einer solchen Gestalt begegnet waren, weiß, etwas rundlich und nur drei Schritte von ihnen entfernt. Über der Mauer schäumte der dichte, herb riechende Hopfen. Eine Nachtigall sang wie auf dem Weg vor den Toren Osnabrücks, der zu Ottos Villa führte. Nur das Leuchten der Sprengstofffabrik erinnerte an den Krieg, aber war das nicht das gleiche Licht, das die großen Industriestädte Norddeutschlands verströmten? Das Gras unter ihren ausgestreckten Beinen war so weich wie das Gras ihrer Kindheit.

Dieses Land hielt sie den ganzen Tag lang davon ab, an ihre Heimat zu denken, so sehr drängten sich die klaren Linien, die sonnendurchglühten kleinen Täler ihren Augen auf und ermüdeten ihre Hirne, aber sobald die Nacht hereingebrochen war, verloren all diese Zauber ihre Macht über die Erinnerung. An diesem Abend war allerdings eine Frau zugegen. Sie schwiegen. Georget fragte sich, wie jemand, der so alt war wie Otto – wahrscheinlich Mitte Zwanzig –, seinen Vater im Krieg verloren haben konnte. Thérèse Delombre versuchte, in der Dunkelheit Ottos Gesichtszüge auszumachen, die sie noch nie von so Nahem gesehen hatte.

Nichts ist dem Schweigen zuträglicher als das stetige Rauschen eines Baches, der Geruch von Linden und der abendliche Gesang der Nachtigall. Wer konnte für den Reiz dieser romantischen Szenerie empfänglicher sein als die drei Deutschen im Exil und diese Frau, die von morgens bis abends vor Leidenschaft brannte?

Otto fragte sie: »An welchem Ort ist sein Vater getötet worden?«

Thérèse glaubte in diesem unbeholfenen Satz Schüchternheit zu erkennen. Sie lächelte, dann antwortete sie, das wisse sie nicht so genau, da man ihr drei verschiedene Todesnachrichten aus drei sehr weit voneinander entfernten Gegenden geschickt habe. Das alles hatte sie so oft und so ausführlich geschildert, dass aus ihren Worten nur jenes Mindestmaß an Gefühl sprach, das man sich beim Reden über die Toten angewöhnt hatte. Nur Otto sprach, die beiden anderen Deutschen blieben stumm. Seine Stimme traf einen direkt ins Herz, so tief und traurig war sie.

»Es wird lange dauern, bis wir alles wissen. Sehr lange. Es wird lange dauern bis alles vergessen ist …«

Es war, als trage er eine Melodie aus seiner Heimat vor, und Thérèse Delombre war tief bewegt.

Ein Bauer auf dem Rückweg vom Café ging vorüber, ohne die Männer zu erkennen, spürte aber, dass im Schatten Leute waren: »Guten Abend, die Herrschaften. Schön kühl, was?«

Bald ging in der Landschaft eine stumme Revolution vonstatten. Auf jedem feuchten Blatt glänzte ein Lichtstrahl. Die Frösche auf dem Grund der Teiche sangen lauter und auf dem Gipfel des Luberon erschien, angeführt von Fledermäusen, der Mond. Die menschlichen Silhouetten zeichneten sich auf der Mauer ab. Die rote Glut der Zigaretten wurde vom grünen und blauen Licht ertränkt. Der Zauber verflüchtigte sich. Die Männer sahen, dass Thérèses weißes Kleid mit kleinen schwarzen

Blumen übersät war. Sie standen auf. Otto sagte: »Wir werden gehen, weil es vielleicht unpassend ist, wenn man Sie mit uns sprechen sieht.«

Diese Worte verbanden sie. Er hielt ihr die Hand hin und Thérèse nahm sie. Die beiden anderen verabschiedeten sich mit einer tiefen Verbeugung. Warum war dieser Otto ihr gegenüber vertraulicher, zärtlicher als die anderen? Weshalb nahm er sich das Recht heraus, ihr wie einer Freundin die Hand zu geben? Sie wollte es nicht wissen, aber während Georget die beiden Stühle in den Flur brachte, sah sie den Männern nach, die sich im Mondlicht entfernten … Sie nahm den eisernen Knopf vom Kaminsims, den sie am Morgen nach dem Gewitter im Garten gefunden hatte. Sie nahm sich vor, ihn zurückzugeben. Falls die Männer es nicht mehr wagten, hier Halt zu machen, wäre das ein guter Anlass.

Aber sie wusste genau, dass sie es wagen würden …

*

Ihr nächster Tag war ganz mit der Erinnerung an Otto ausgefüllt. Sie war fröhlich. Sie liebte ihn noch nicht genug, um unglücklich zu sein, um zu denken, dass sie eine Art Sakrileg beging und dergleichen mehr. Glückselig sind die ersten, mit dem Erkennen der eigenen Gefühle zugebrachten Stunden einer jeden Liebe. Vor allem bei Menschen, die es nicht gewohnt sind, ihre Gefühle zu analysieren. Man kann sagen, dass sie noch nie Liebe empfunden hatte. Sie verspürte ein erhebendes Wonnegefühl. Heute war das Kind fröhlich. Es hatte Olga nie wieder erwähnt und allmählich aufgehört zu schmollen. Alles erschien ihr heiter, *erlöst* …

Mit der Post kam eine neue Ausgabe von *J'ai vu* voller Photographien von Schützengräben, Verwundeten, brennenden Flugzeugen, und obgleich Thérèse Delombre für gewöhnlich jede Woche den Bericht über die Gräuel des Krieges verschlang, schenkte sie diesen Bildern keine Beachtung. Dieser Kampf war ihr fremd. Die düsteren Photographien schienen ihr aus einem fernen Land zu kommen und die Bildunterschriften in einer unverständlichen Sprache verfasst. An diesem Tag war alles leicht. Sie betrachtete sich oft im Spiegel. Bei Tisch fragte sie Georget mit einer unbeschwerten Stimme, die ihr selbst fremd war, der Stimme ihrer Jugend: »Und, wie findest du die Boches?«

»Schade, dass sie nicht besser Französisch sprechen. Sie machen einen sehr netten Eindruck.«

Nach dem Abendessen gingen die Mutter und das Kind gleich vor die Tür, um frische Luft zu schnappen. Sie dachten beide an das Treffen vom Vorabend, sprachen aber nicht darüber. Georget, dem die Einsamkeit zu schaffen machte, wünschte, die jungen Leute würden wiederkommen, obwohl er sie verabscheute. Nicht umsonst erzählte man ihm seit drei Jahren ständig von allen möglichen Übeltaten Deutschlands.

Die Umgangsformen der Deutschen überraschten ihn – er hatte gehört, sie seien alle Heuchler –, und er fragte sich noch immer, warum sie stehen geblieben waren, um mit ihm zu sprechen. Es kam ihm gar nicht in den Sinn, dass auch sie hin und wieder das Bedürfnis hatten, eine andere Hand als die ihrer Kameraden zu berühren.

Seine Mutter ahnte, dass die Freundlichkeit der Deutschen ihm nicht geheuer gewesen war. Allmählich fürchtete sie sich vor ihrem Sohn. Diese kleine Stirn schien so viele entsetzliche Dinge zu verbergen! Thérèse Delombre ahnte, dass er ihr bei der ersten Verfehlung ein erbarmungsloser und grausamer Richter sein würde und spürte zugleich, dass sie am Rande eines Abgrunds stand.

Als der Mond aufging, waren die Deutschen noch nicht gekommen. Wie am Vorabend kam Vater Blanc vorbei: »Guten Abend, die Herrschaften. Schön kühl, was?«

Die Frau und das Kind brachten ihre Stühle ins Haus und stiegen ins Schlafzimmer hinauf. Thérèse Delombre küsste wie jeden Abend das Porträt des Hauptmanns. Sie verspürte ein leises Gefühl der Bitterkeit, als hätte sie gerade eine Verabredung verpasst.

*

Sie lag seit einigen Minuten im Bett, als sie Schritte vor dem Haus hörte. Fremde Schritte, die nicht mit den Kieselsteinen des Wegs vertraut waren und diese aufwirbelten. Das Fenster zur Feldseite stand weit offen, aber die Frau wagte es nicht, sich im Schatten hinauszulehnen. Das Mondlicht war so hell, dass man sie sofort gesehen hätte. Sie bekam es mit der Angst zu tun. In der Gegend erzählte man sich viele Geschichten. Angeblich waren abends Deserteure aus dem dichten Gebüsch am Ufer der Sorgue gekrochen, um in den Gärten nach etwas Essbarem zu suchen.

Der Arzt wollte, als er nachts von der Entbindung einer Frau in Valayans zurückkam, gesehen haben, wie ein splitternackter Mann über den Weg lief, woraufhin die wackeren Leute, die nicht an Mysterien glaubten, gutgläubig meinten, es sei ein aus dem Lager in Serres entflohener Gefangener gewesen, der seine Uniform ausgezogen hatte, um nicht erkannt zu werden.

Alle wussten, dass Thérèse Delombre allein mit ihrem Sohn in dieser alten, von den anderen Häusern des Dorfs abgeschiedenen Villa wohnte. Es wäre ein Kinderspiel, ein »krummes Ding« zu drehen, ohne gesehen zu werden. Das Blut gefror ihr in den Adern, denn sie *spürte*, dass jemand in der Laube war und dort mit vorsichtigen Schritten umherlief. Sie hielt die Luft an, als wäre ihr Atem laut genug, um unten gehört zu werden. Sie hörte die Person den Rückweg antreten und an das Stück Eisen stoßen, mit dem das Tor verschlossen wurde. Der Torflügel wurde mit einem leisen Knarren zugezogen, und dann vernahm man Schritte auf dem Weg, wie befreit …

Thérèse fragte sich, wer bloß um diese Uhrzeit in den Garten gekommen war. Es waren Männerschritte gewesen. Vielleicht irgendein Soldat auf Heimaturlaub, ein Bekannter des Hauptmanns, der sich beim Anblick des schlafenden Hauses nicht getraut hatte zu klingeln. »Tja! Ich werde es wohl morgen früh erfahren«, sagte sie sich. »Er wird wiederkommen.« Für einen Augenblick kam ihr auch der Gedanke, es könnte der Deutsche gewesen sein. Aber weshalb?

Am nächsten Morgen wachte sie früh auf und nahm sich fest vor, Vater Melun wegen des Katechismusunterrichts für Georget aufzusuchen. Ein Vorhaben, das sie jeden Tag aufschob. Da erinnerte sie sich an ihre nächtliche Angst. Sie stand leise auf, um den Kleinen nicht zu wecken, und öffnete sogleich die Hintertür. Der Garten war vom Liebreiz erfüllt, den das Comtat an Septembermorgen entfaltet. Ein leichter Nebel breitete seine Schleier über ihn aus und ließ die Konturen der Pflanzen und Blumen verschwimmen, die bald zum Vorschein kommen und in der Sonne leuchten würden.

In der Hopfenlaube befand sich ein kleiner Eisentisch und darauf drei prächtige Büschel schwarze Weintrauben, die jemand in der Nacht dort hingelegt hatte. Thérèse Delombre fragte sich, von wem wohl dieses Geschenk war. Dieses kleine, in tausend blauen Facetten funkelnde Bündel schwarzer Diamanten zog sie in seinen Bann. Die Beeren waren prall wie Euter. Das schwarze, duftende Dreieck erinnerte an ein Abbild der Liebe. Freude der Lippen und Hände. Sie musste nicht lange überlegen. Gewiss war es der Deutsche gewesen, der die Früchte gebracht hatte. Er arbeitete auf La Nesquière, einem Hof inmitten von großen Weinbergen, und hatte Thérèse und ihrem Sohn für das Gespräch danken wollen. Thérèse war von so großem Feingefühl gerührt. Sie zog in Betracht, Georget zu erzählen, Mutter Malon habe die Trauben gebracht, aber sie wagte es nicht, ihn noch einmal anzulügen und ahnte, dass er früher oder später herausfinden würde, von wem sie stammten. Sie traute sich nicht einmal, ihm zu sagen, es sei ihr ein Rätsel, woher die Trauben kamen – aus Angst, dass er es selbst sofort erraten würde.

Bei Tisch rührte er die Früchte kaum an, und auch nur, um seiner Mutter eine Freude zu machen. Sie wagte es selbst nicht, davon zu essen, und so waren Ottos Trauben, die schönen saftigen, dicken Trauben, so üppig, dass man nicht wusste, wie man sie greifen sollte, die an den dicht behaarten Unterleib irgendeiner mächtigen Gottheit des Herbstes erinnerten, den ganzen Tag lang den Fliegen und der Sonne ausgesetzt, die sie austrocknete, sodass sie faltig wurden. Beide fühlten, dass ein mächtiger Zauber von diesen Trauben ausging, dem es sich zu entziehen galt, und dass sie vom Geschmack der Früchte den Verstand verlieren würden.

Am Nachmittag setzte Thérèse Delombre einen großen mit schwarzen Rosen verzierten Strohhut auf, um Monsieur Melun aufzusuchen. Ihre Trauerzeit ging zu Ende. Die Jugend kam allmählich zu ihr zurück, anfangs nahm sie die Farben nur zögerlich wieder an, aber es war abzusehen, dass auf den Kleidern der Frau und in ihrer Erinnerung die Rosen nach und nach wieder rosa und die Blätter wieder grün werden würden, nachdem sie schwarz oder grau gewesen waren.

Auf dem Weg ging Thérèse in Gedanken noch einmal durch, was sie dem alten Mann sagen wollte, den es sehr überraschen würde, sie auf seiner Türschwelle zu sehen.

Als sie vor dem Tor der Villa »Schwester Thérèse« ankam, stand Monsieur Melun gerade mitten im Garten und band Blumen zu langen, geraden Sträußen für den Altar zusammen. Er widmete sich schnaufend dieser Arbeit. Als er Madame Delombre auf dem Weg sah, tippte er sich an den Rand seines dreckigen Strohhuts, es kam ihm nicht in den Sinn, dass sie ihn aufsuchen wollte. Als er sie nach der Klingel greifen sah, war seine Verblüffung groß. Er machte einen großen Schritt über den Rasenstreifen und stürzte auf das Tor zu. Vor seinem Bauch schwang die Gartenschere in der großen Tasche seiner blauen Schürze hin und her.

Madame Delombre erklärte ihm den Zweck ihres Besuchs. Trotz aller Mühe konnte er seine Überraschung nicht verhehlen. Er wusste nicht, wie er Thérèse für ihre Rückkehr zur Kirche danken sollte. Er bot ihr einen Stuhl, Birnen und Blumen an. Für ihn war sie eine Feindin, die sich geschlagen gab. Er ließ Milde walten.

»Es ist keineswegs verwunderlich, gnädige Frau, dass Sie Ihrem kleinen Jungen eine religiöse Erziehung angedeihen lassen wollen. Gottes Hand straft, doch sie vergibt schnell. Sie sind geprüft worden, aber ich bin sicher, dass der Hauptmann sich ungeachtet seiner Ansichten zu Lebzeiten oben im Himmel freut, dass Sie seinen kleinen Georges Gott anvertrauen, und diesen Schritt gutheißt.« Dann fügte er in einem anderen Ton hinzu: »Der Junge sollte jeden Tag um elf Uhr hier sein und ich werde ihn im Katechismus anleiten. Er wird bestimmt etwas Leben in den Kurs bringen. Diese Bauernkinder sind artig, aber sie brauchen ja so lange, um die einfachsten Dinge zu verstehen!«

Er schenkte Thérèse einen Strauß feuerrote Gladiolen und schloss hinter ihr sorgfältig das Tor. Es war ihr aufgefallen, dass er einen Rosenkranz aus Olivenkernen als Armband trug.

Als sie den Weg erreichte, atmete sie auf. Das war nun erledigt … Sie war ganz erstaunt, dass es so gut verlaufen war und trat ohne Hast den Nachhauseweg an, den Sonnenschirm auf der Schulter wie ein junges Mädchen. Der Schatten der großen Platanen fiel auf die Straße ohne Wagenspuren und die grüne Ebene, hier und da von Hecken umsäumt, breitete sich heiter zwischen der Rhône und den Bergen aus.

An einer Wegkreuzung stand inmitten von spätsommerlich grüngolden schimmernden Weißdornhecken ein massiver Wegweiser aus Stein. Aus einer Zeit, als das römische Reich noch existierte und man auf dem flachen Land nichts von der Leichtigkeit des Eisens wusste. Hinter den Büschen, in nächster Nähe, waren schwere Schritte zu hören, weil der Weg, auf dem Thérèse Delombre ging, mit einem anderen einen spitzen Winkel bildete. Ihr wurde eng ums Herz. Sie erkannte diesen Schritt.

Eine Art sanftes, mattes, warmes Licht erfüllte sie und nahm ihr den Atem. Ein unerklärliches Glück schnürte ihr die Kehle zu. Hinter der Hecke pfiff jemand ein Lied. Jemand pfiff »La Madelon«. Es konnte irgendein Bauer auf dem Rückweg von den Feldern, irgendein Soldat auf Fronturlaub sein: Die Straße führte zum Bahnhof. Nein, dieses leise Pfeifen, das niemand hören sollte, konnte nur aus einem schmalen Mund mit schönen Zähnen, umgeben von einem leichten blonden Bart, herrühren. Dazu graue Augen unter einer blauen Kappe mit rotem Rand. Er klopfte sich mit einer dünnen Weidenrute auf die Stiefel. Sicher hatte er die Hände voller roter Trauben, war nackt, groß und schlank und tanzte über den Kies. Thérèse spürte aus tiefstem Herzen, dass es Otto war. Getrennt durch die beiden Hecken, die ein schmales Wiesendreieck umgaben, gingen sie aufeinander zu.

Angesichts dieser reichen und stillen, heiteren Landschaft träumte er von seinem Land voller Nebel. Er, den diese klar umrissenen provenzalischen Berge vor abscheulichen Verletzungen und einem schrecklichen Tod schützten; den diese Platanenalleen und diese rötlichen Heuballen vor den Blicken der Menschen verbargen, war fröhlich und sorglos …

Waren das Schicksal der Menschheit, einer ganzen Zivilisation, all das Geschwätz der Zeitungen und der Lehrer etwa so viel wert wie das präzise Spiel der Muskeln in diesem Hemd, das er selbst gewaschen hatte? Wie dieser freie, unbeschwerte Zustand von Geist und Körper? Die Frau verspürte Unruhe wie vor einem Gewitter. Der Mann schritt bedächtig voran, als wollte er auf keinen Fall die Luft aufwirbeln oder auch nur das kleinste Weißdornblättchen durcheinanderbringen. Auch sie ging langsamer.

Die beiden erreichten gleichzeitig den Wegweiser. Sie lächelten sich an. Niemand konnte sie sehen. Thérèse hatte nicht ahnen können, dass er im linken Auge ein funkelndes Monokel trug, in dem sie sich selbst von Kopf bis Fuß erblickte, ganz weiß.

»Guten Tag, Madame«, sagte er und nahm dabei mit geschlossenen Hacken seine Kappe ab.

Seine schöne, tiefe Stimme schien auf Thérèses Brust zu schwingen wie auf einer ehernen Klinge. Sie bedankte sich für die Trauben, die er auf dem Tisch hinterlassen hatte.

»Ach! Das war für den kleinen Jungen. Er ist sehr nett, Ihr kleiner Junge. Finden Sie nicht, dass jetzt der rechte Moment ist, um spazieren zu gehen? Aber über den Tag ist es noch zu heiß.«

»Wir sind hier die Hitze gewohnt, aber für Sie ist es vielleicht beschwerlich. Sie sind es nicht gewohnt.«

Unbeholfen versuchte sie, sich einfach auszudrücken, damit er sie besser verstand, und es machte den Mann verlegen, dass die Französin gewissermaßen seine Sprache nachahmte. Es war ein Treffen zweier Liebender, die von feindlichen Familien bespitzelt werden. Familien mit Millionen von Angehörigen. Es schien ihr, als wäre es ein Verrat an ihrem Heimatland, mit Otto zu sprechen, und er las seinerseits in den Augen der stummen Frau den Sieg seiner Nation. Einer jener Siege, die man mit einem Kuss feiert. Sie wagten nicht, einander die Hand zu geben, bevor sie sich trennten und jeweils ihrer Wege gingen, die sie voneinander weg führten. Nun pfiff er ein Lied aus seiner Heimat, eines jener nebligen Lieder von den Ufern des Rheins. Langsam, betörend stieg das Lied in der Abenddämmerung auf und Thérèses Herz war ganz und gar von ihm erfüllt.

XII

So lief nun, wie unschwer zu erkennen ist, dieses Vorspiel auf seinen Höhepunkt zu. Thérèses Sinne verzehrten sich ausschließlich nach Otto. Längst schon hatten ihr Geist und ihr Leib den Hauptmann aufgegeben. Bisweilen ist es langwierig und schmerzhaft, den Körper von einem anderen zu entwöhnen, dessen Form sich seit langem dem eigenen angepasst hat. Der Bruch zwischen Liebenden erfolgt nie vollständig – der Schlaf, währenddessen die Hände, sich selbst überlassen, nach einer vertrauten Schulter oder Hüfte tasten, die ihnen monatelang Zuflucht geboten hat, liefert dafür den Beweis. Thérèse hatte ihren Mann nicht genug geliebt, um seine Umarmungen körperlich in Erinnerung zu behalten. Sie war herrenlos: Körper und Seele.

Zurück beim Bauernhof hatte Otto es nicht lassen können, von seiner Begegnung zu erzählen. Er verheimlichte seinen Kameraden nicht, was er von Thérèse Delombre hielt.

Wäre sie ihm in seiner Heimat über den Weg gelaufen, umgeben von vielen anderen Frauen, so hätte er ihr sicher keine Beachtung geschenkt. Hier dachte er nur an eines: daran, sie zu besitzen. Und die anderen dachten: Glückspilz.

Seit dem 17. oder 18. August 1915 – es war gegen Mitternacht gewesen – hatte er keine Frau mehr berührt. Sein letzter Liebesakt war hastig und unvollendet gewesen. Er hatte unter einem Lastwagen in dickem Schlamm mit einer sehr hässlichen Frau verkehrt, während hin und wieder Granaten ihre Gesichter erleuchteten. Dennoch musste er oft an diese letzte Begegnung mit der Leidenschaft denken. Nichts läutert die Seele mehr als das heftige, unterdrückte Bedürfnis nach Liebe. Es schien ihm, als wäre nach und nach nicht mehr sein Gehirn der Sitz seiner Gedanken, sondern ein empfindungsreicherer Teil seines Körpers, und so lebte er in einer verzauberten Welt, in der sich Erinnerungen und Begehren vermischten. Er war in diesen Jahren der Keuschheit (an den heiklen Freuden seiner Kameraden hatte er sich nie beteiligen wollen) anspruchslos und begierig geworden wie ein Tier und fühlte nun, dass er bald seine Lust befriedigen, bald wieder zum Mann werden würde.

Zwei Jahre genügen – für ein gesundes Herz –, um wieder jungfräulich zu werden, und der Mann lächelte über diese neu gewonnene Jugend. Er schloss genießerisch die Augen, fuhr sich fiebrig mit der Zunge über die glänzenden Lippen, biss sich spielerisch in den nackten

Arm, er war auf dem Gipfel des Glücks. Schon jetzt war er Thérèses Liebhaber. Er stellte sich die verborgenen Stellen ihres Körpers vor, so unbeholfen, als hätte er noch nie eine Frau gesehen. Als er neben seinen nach Filz und Schweiß riechenden Gefährten auf dem Stroh lag, glaubte er, einen warmen, weißen, etwas plumpen Körper – das Gewicht einer Vierzigjährigen – an seiner Seite zu streicheln. Er dachte daran, dass auch sie sicher lange niemanden mehr in den Armen gehalten hatte, und wie ein warmer Atem glitt dieser Gedanke von seinem Herz in seinen Bauch.

Nach dem Abendessen kämmte er sich die Haare vor einem Spiegelsplitter, der an einem Baumstamm hing, bot dem Wächter eine Zigarette an und ging los. Die beiden anderen schlossen sich ihm nicht an. Das Feindesland gestattete ihm ein Rendezvous, da wollten sie nicht aufdringlich sein.

Als er das Haus von Thérèse Delombre erreichte, war niemand in Sicht, und er traf sie nicht, wie erhofft, an der Türschwelle an. Aus der Laube drang Madame Gardets schrille Stimme, welche die neusten offiziellen Meldungen kommentierte, und man konnte das Klirren von Löffeln auf Untertassen hören. Otto war froh, dass er den Grund für Thérèses Abwesenheit so schnell erfuhr. Ein Liebender braucht sich nur zu erklären: »Wenn sie gekonnt hätte, wäre sie gekommen« und schon verschwindet all seine Bitterkeit über das verpasste Treffen.

Seine Schritte waren so laut gewesen, dass Thérèse ihn hören und sich sagen konnte: »Er wollte mich besuchen.« Ohne ein Wort zu wechseln, ohne einander zu sehen, taten sie gemeinsam einen weiteren Schritt auf die Liebe zu.

*

Am nächsten Morgen ging Georget zum ersten Mal zum Katechismusunterricht. Vater Melun hatte ihm ein graues Büchlein gegeben (den Vorbereitungskurs), in dem in kursiver Schrift ganz einfache Fragen standen. Man musste die Antworten, die in normaler Schrift gesetzt waren, auswendig lernen. Der Unterricht fand in Vater Meluns Esszimmer statt. Es hing ein leichter Fischgeruch in der Luft. Tatsächlich wurde gerade auf dem Kaminsims, zwischen Empire-Kandelabern aus grünem Marmorimitat und klebrigen Fläschchen mit Terpentingeist, in einem *Dippchen* aus gelbem Ton ein Stück Kabeljau im Wasser entsalzt. Der folgende Tag war ein Freitag. Der Tisch war mit Brotkrümeln und offenen Konservendosen übersät.

Vater Melun lebte allein. Eine Knoblauchkette hing von der Decke. An der Wand prangte ein Christusbild, ihm gegenüber eine große Photographie des Herzogs von Orléans. Ein Eiffelturm mit ausgestopftem Stoffsockel diente als Nadelkissen. Auf dem Schreibpult stand eine Spieldose mit Einlegearbeiten, die »Lucie de Lammermoor« spielte, wenn man seine Lektion gut gelernt hatte. Aus Holz geschnitzte Federhalter, in denen man durch ein kleines Loch die Mariä-Empfängnis-Basilika in Lourdes oder die Einsiedelei des St. Gens sehen konnte … Eine ärmliche Welt voller Geheimnisse tat sich vor Georget auf. Der Fischgeruch drehte ihm den Magen um, aber die Spieldose … Vater Melun stolzierte zwischen den wackeligen Sesseln umher wie ein Zauberer, der von seinen fabelhaften Besitztümern nur einige wenige auf unseren armseligen Planeten mitgebracht hat. Die Religion sollte sich Georges Delombre zuerst als Zauberwelt offenbaren. Er konnte das Vaterunser nicht aufsagen …

Vater Melun begriff, dass Gott ihm eine Seele schickte, die er retten musste. Der alte Mann erzählte vom irdischen Paradies, von Eva und Adam. Georget war entzückt und überrascht. Er hatte noch nie darüber nachgedacht, wer wohl unser erster Vater und unsere erste Mutter gewesen waren.

Der Baum, die Schlange. Ein verwunschenes Universum offenbarte sich ihm, das Vater Melun mit knappen Gesten umriss. Überall drang Licht durch die schmutzigen Wände, da gingen er und die Kleine mit dem Glasauge in einer schönen sandigen Heidelandschaft mit einem großen grünen Baum spazieren. Die Verzauberung begann zu wirken. Der alte Mann ließ ihn vor dem Christusbild niederknien und seine Hände falten. In dieser demütig wonnevollen Haltung konzentrieren sich alle Gedanken auf Gott, und so war das Kind, die Arme warm an die Brust gedrückt, ganz mit sich selbst allein, um zu träumen …

Für diejenigen, die man Gott von klein auf anvertraut hat, ist an der Religion nichts Erstaunliches; die Entzückung der spät Bekehrten hingegen ist eine Kopfsache, aber man stelle sich diese zugleich naive und verdorbene Seele eines Heranwachsenden vor, durch Einsamkeit gereift, begierig und gelangweilt, die von diesem alten Mann die ersten Funken des göttlichen Lichts erhält. Wie hätte sie nicht in Flammen aufgehen sollen?

Als er nach Hause kam, stürzte er zu seiner Mutter, um ihr von den Wundern der Schöpfung zu erzählen. Sie schien abwesend und verträumt. Sie hatte nun wirklich andere Dinge im Kopf! Das Kind war von dieser Gleichgültigkeit sehr gekränkt und behielt den Schatz, den Vater Melun in seine Augen und Ohren versenkt hatte, für sich.

Die Neuheit der Religion – der Poesie –, er erstickte an dieser Neuheit, da seine Mutter sich nicht dafür begeistern wollte, und der Zwang, sein Wissen in seinem Inneren zu verbergen, erhöhte den Wert seiner Erkenntnisse. Dinge, die man geheim halten muss, werden schnell kostbar. Eine Neigung, über die man nicht sprechen darf, wandelt sich in ein Laster. Das Licht Gottes, von dem er schon erfüllt war und das sich nicht auf die Welt ergießen konnte, blendete ihn innerlich.

Diese jähe Hinwendung mag überraschen. Zum Glück für die Menschheit bieten nicht alle Kinder dem Übersinnlichen eine solche *Angriffsfläche*. Georges Delombre wartete seit seiner Geburt auf dieses Licht. Es war keine Vorstellung von Gott, die sich an alle anderen Ereignisse im Leben eines Kindes anschloss, sondern der Zugang zu einer neuen Welt.

Gott schickte sich an, der Mutter das Kind zu rauben. Alles wäre gut gewesen, wenn Otto dem Sohn nicht bereits die Mutter geraubt hätte.

Die heftige Liebe, die diese beiden einander entgegenbrachten, hatte sie mit tausend allzu feinen Fäden verbunden. Nun trat der getarnte Gott ins Haus, der diese Fäden lösen würde. Nichts auf der Welt ist zufällig und niemand sät, ohne zu ernten. Gott tritt immer in Erscheinung, um das furchterregende Spiel zu lenken. Nicht der Gott der offenen Schlachten, der in diesen Monaten ganz andere Orte heimsuchen musste, sondern der Gott der ärmlichen Küchen, der verlassenen Frauen …

XIII

Es wurde wieder Nacht im Dorf und im Comtat. Nacht, die Zeit, in der die Liebe gedeiht und alle anderen Dinge, von denen Gott nichts wissen darf. Zufluchtsstätte für alle, die außerhalb von Gottes Gesetz stehen: Liebende, schlaflose Philosophen und reuige Verbrecher. Die Stunde, zu der sich Mädchen in anderen Umständen, den Bauch unter der Schürze verborgen, endlich bis zum Brunnen auf dem Dorfplatz vorwagen. Der Geist verliert alle Scham, wenn der Abend hereinbricht. Dieses Buch ist ein Buch der Nacht.

Thérèse Delombre saß am Tor. Sie lag auf dem Liegestuhl, preisgegeben dem, der kommen würde. Es fiel ihr schwer, sich die Annäherungsversuche des Mannes vorzustellen. Eine solche Liebe schien ihr unmöglich. Sie begehrte ihn so sehr, dass sie sich überhaupt nicht schämte. Sie sträubte sich nicht. Sie hatte eher ein bisschen Angst, nicht davor, dass der Mann sie nicht liebte – das hinterfragte sie gar nicht erst –, sondern davor, dass er es nicht wagen würde, ihr seine Liebe zu gestehen. Sie spürte, dass sie nicht in der Lage war, den geringsten Widerstand zu leisten – noch nicht einmal strategischen Widerstand –, so angespannt waren ihre Nerven. Da sie auf seine Ankunft vorbereitet sein und sich die Zeit vertreiben wollte, ging sie in Gedanken seinen Weg nach.

»Jetzt kommt er aus La Nesquière … Er geht am Bach entlang … Er nimmt die Route des Pères-Blancs … Er ist am Wegweiser … Er geht querfeldein … geht bei Cardaire vorbei … Gleich ist er da … gleich … gleich …«

Aber es waren keine Schritte auf dem Kies zu hören. Drei Mal wiederholte sie ihr kindisches Spiel. Beim vierten Mal war bei den Worten »Er kommt aus La Nesquière« das Peitschen einer Weidenrute auf der Hecke zu vernehmen und das Knirschen der Kiesel unter Ottos Füßen.

Thérèse Delombre hatte nicht bedacht, dass es außer ihm noch andere Menschen auf der Welt gab, da lief nur der Sohn von Mouillade vorbei … Ernüchtert entspannte sie sich. Schließlich trat der Deutsche unvermittelt aus dem Schatten. Man konnte ihn hinter den Zweigen ausmachen. Auf dem sehr niedrigen Liegestuhl ausgestreckt, sah sie, wie sich seine hochgewachsene Gestalt vor die Sterne schob.

»Guten Abend, Madame. Wie geht es Ihnen?«

Das interpretierte sie als »Ich liebe Sie abgöttisch«. Sie hatte schon so lange keinen nackten Mann mehr gesehen, dass ihr das Bild des unbekleideten Otto mit der Klarheit einer Halluzination vor Augen trat. Durch die

Uniform aus grünem Stoff hindurch konnte sie das Spiel seiner Muskeln, die rosige Brust und den duftenden Schatten seiner Achseln erkennen. Später wunderte sie sich darüber, wie sie den Dreimaster hatte übersehen können, der auf Ottos Unterbauch tätowiert war und so aussah, als triebe er auf kurzen, mahagonibraunen Wellen dahin. Das Kind schlummerte bereits, als der Deutsche auf sie zukam.

»Erlauben Sie, dass ich mich einen Moment zu Ihnen setze? Es tut so gut, mit einer französischen Person zu sprechen, die einen nicht für ein Monster hält. Ich bin sicher, dass sich die französischen Gefangenen mit den Frauen aus meinem Land anfreunden …«

Und wieder diese Stimme, klangvoll wie Wasser, das über Steine sprudelt … Musste er sie daran erinnern, dass er ein Feind war, damit sie ihm erlaubte, in ihrer Nähe zu bleiben? War es Koketterie? Er legte sich ins Gras, ohne ihre Antwort abzuwarten. Sie konnten einander kaum erkennen und sprachen über Belanglosigkeiten. Jeder einzelne Satz klang wie eine Liebeserklärung. Sie spürten, dass sie sich nicht verstellen konnten und dass der Kleine ihre Erregung bemerken musste. Von den Platanen ging eine angenehme Frische aus. Auf den Feldern war es still. Die Grillen schwiegen, als wollten sie diesen Augenblick entrücken, um den beiden eine Annäherung zu erleichtern.

»Georget, holst du uns bitte einen Stuhl?«, sagte Thérèse.

Sie hatte es ihm nicht gleich bei Ottos Ankunft aufgetragen, weil sie zuerst das Terrain ausloten wollte, bevor sie dem Deutschen erlaubte, einen Augenblick mit ihr allein zu sein.

Das Kind ging ins Haus und es kam, wie es kommen musste. Der Mann stürzte sich gierig auf die Frau. Seine Hände umfingen ihr atemloses Gesicht wie ausgehungerte Tiere. Seine Lippen legten sich wie die dicken Tropfen eines Frühlingsregens auf ihre Augen und ihre Lippen und seine Zähne, seine brennende Zunge spielte auf Thérèses Wangen und Lidern, während ihr die Sinne schwanden. Sie zerbrach an diesem Übermaß an Leben, das sich in ihrem Inneren aufbäumte. Das Gewicht des Mannes ließ den nachlässig eingehängten Liegestuhl zusammenbrechen, Thérèse entglitt ihm und fiel ins Gras. Der Mann streckte die Hand aus, um ihr aufzuhelfen, und in dieser lächerlichen Haltung befanden sie sich, als Georget wiederkam und einen Stuhl heranschleppte.

Die Frau lachte über ihren Sturz und etwas in diesem Lachen glich einer Träne. Otto hatte Zeit gehabt, ihr zu sagen: »Wenn der Junge im Bett ist.«

Einige Minuten vergingen und als die Rathausuhr zehn schlug – und die Uhr im Wohnzimmer diese zehn Schläge wiederholt hatte, so wie jeder Aspekt gesellschaftlichen

Lebens von jedem einzelnen wiederaufgegriffen und für sich bestätigt werden muss –, erhob sich der Mann, und als er Thérèse die Hand gab, bohrten sich seine spitzen Fingernägel in ihr Handgelenk, darauf strich er dem Kind durchs Haar. Als seine Schritte auf dem Weg verklungen waren, stiegen Thérèse und Georget ins Schlafzimmer hinauf. Das Kind trug die Lampe und ihre tanzenden Schatten folgten ihnen bis zum Dachboden.

Wie jeden Abend küsste Thérèse das Porträt ihres Mannes. Glückstrunken hielt sie sich am Geländer fest, um nicht zu fallen, wie ein sentimentaler Reisender, der auf der Brücke eines Passagierschiffs steht und am Horizont Land sieht, die blauen Berge seiner Heimat. In ihr mischten sich gewaltige Freude und gewaltiger Schmerz. Ein unbestimmtes Leid schnürte ihr das Herz zusammen. Was quälte sie? Sie hätte es nicht benennen können, aber so großes Glück riss sie entzwei. Sie würde sich versündigen, indem sie die Erinnerung an ihren Mann entehrte, aber daran dachte sie nicht, das war nicht der Grund ihres Leidens. Sie dachte auch nicht daran, dass sie ihren Sohn, ihr Heimatland verriet. Die Liebe oder, genauer gesagt, das Bedürfnis, geliebt zu werden, den Leib eines anderen Menschen zu berühren, machte sie blind.

Offenbar bringt es den Körper zur Raserei, wenn seine Befriedigung unmittelbar bevorsteht. Es war, als wollten sich in den paar Stunden, die sie noch von der Liebe trennten, all die Sehnsuchtsqualen in gesteigerter Form wiederholen.

Wie jeden Abend zog sie sich aus, küsste schnell ihren Sohn und dimmte die Lampe, bis diese zu einem winzigen leuchtenden Schmetterling wurde. Sie streckte und dehnte sich in den warmen Laken. Vor sich hin träumend wartete sie auf den Moment. Das kleine Licht zeichnete einen goldenen Ring an die Decke. Die Kupfergriffe der Schubladen leuchteten wie Bienen. Einige Augenblicke vor dem Ziel wollte sie nicht mehr an Liebe denken. Es war, als sagte sich ihr Verstand unter diesen Umständen: »Jetzt, wo ich sicher bin, dass es geschehen wird, kann ich mich um andere Dinge kümmern.« Die aufreizenden Visionen, die sie bis dahin in der Nacht heimgesucht hatten, verschwanden wie von selbst und sie dachte an die Farbe eines Kleides, an Georgets zu enge Schuhe, die vom Schuster geweitet werden müssten … Ihre Seele wurde wieder schlicht, von allem lasterhaften Begehren reingewaschen.

Am Rathaus schlug es leise halb elf, gedämpft wie ein leises Warnsignal. Im Wohnzimmer antwortete die Wanduhr, dass auch sie Wache halte. Man hörte den regelmäßigen Atem des Jungen. Leichtfüßig wie ein Kind sprang Thérèse aus dem Bett, zog sich einen Morgenmantel über und durchquerte leise, ganz leise das Zimmer. Das hölzerne Bettgestell knarrte, als sie die Hand auf die Türklinke legte, und sie hielt den Atem an. Im Treppenhaus wurden ihre Schritte flinker. Sie kam in den Garten. Die Pfaffenhütchen zeichneten sich im Dunkeln als große, schwarze Büschel ab. Das Seil von Georgets Schaukel hing reglos in der Luft und unter dem Hopfen leuchtete ein kleiner roter Punkt, als hätte sich in den wirren Ranken ein Stern verfangen. Hin und wieder wurde das Leuchten stärker und man konnte um den Stern herum ein blasses und hageres Gesicht mit funkelnden Augen erkennen.

XIV

Als am nächsten Morgen die Sonne bereits hoch am Himmel stand und durch die Ritzen der Fensterläden fiel, schlief Thérèse noch immer. Georget wälzte sich in seinem Bett hin und her. Er war schon lange nicht mehr vor seiner Mutter aufgewacht. Er sah sich um, bekam Angst: Die Stille im Schlafzimmer war undurchdringlich …

Ihm graute vor diesem großen Körper im Halbdunkel, der an manchen Stellen von Strahlen des Tageslichts vergoldet wurde. Wenn er jemanden schlafen sah, konnte er nicht anders, als an den Tod zu denken. Der Junge wartete auf das Erwachen im Gesicht seiner Mutter. War sie vielleicht krank? Diesen Gesichtsausdruck hat er noch nie bei ihr gesehen. Nun bekommt er es wirklich mit der Angst zu tun. Er steht auf, um diese Frau, die anscheinend einen Albtraum hat, aus der Nähe zu betrachten. Durch ihre halbgeöffneten Lippen erkennt er ihre Zähne, darunter einen aus Gold. Ein schmaler, blauer Blick entwischt ihren halbgeschlossenen Augenlidern. Nein, seine Mutter sieht nicht glücklich aus. Warum ist sie seit einiger Zeit so anders? Vor ein paar Monaten erdrückte sie ihn noch mit

Liebkosungen – jede einzelne Minute widmete sie ihm. Und dann jagte sie, wie aus Boshaftigkeit, Olga fort, die ganz sicher nichts gestohlen hatte. Jetzt hört sie ihm nicht einmal mehr zu, wenn er mit ihr spricht …

An wen denkt sie, wenn sie nicht an ihn denkt? Vielleicht an den Vater, und vielleicht macht sie deshalb ein so unglückliches Gesicht. Das Kind legt sich wieder ins Bett. Es wartet noch einen Augenblick.

Der Knöchel der Mutter zuckt unter den Laken. Das Beben zieht ihre Beine hinauf bis zu ihren Schultern und sie schlägt die Augen auf. Sie wird wohl noch viele Stunden schlafen, bevor es Georget gelingt, ihr Geheimnis zu lüften.

XV

Allmählich kam der Herbst. Das Land war in dessen gelbes Licht getaucht. Ja, diese Nuancen von Weinrot und der seidige Schimmer am Rande der Wiesen und Felder sind der Liebe äußerst zuträglich. Eine günstige Umgebung für Liebe oder Meditation. Der leichtfüßige Wind bringt die Ziegel zum Singen. Das Blut, während der Sommermonate noch träge und schwer, fließt munter singend durch die Adern wie neuer Wein. Alle möglichen Gerüche steigen aus der Erde auf. Es ist der Zeitpunkt, an dem die Bauern in Anbetracht der langen Winterabende die Zeitung abonnieren. Die Region bietet ein äußerst romantisches Bild.

Im Haus war, dem Anschein nach, noch alles ruhig und heiter; weit weg vom Krieg. Das erste trockene Laub sank auf den Grund des Brunnens und Georget beugte sich über den Rand und sah sein Gesicht, das wie von einem dünnen bleiernen Film überzogen wirkte. Er verbrachte Stunden damit, sich so zu betrachten, bis ihn eine Art Schwindelgefühl erfasste. Er war förmlich hypnotisiert von seinem Gesicht vor dem metallisch grauen

Himmel, und manchmal fiel eine winzige farblose Träne genau auf die Wange des Spiegelbilds und kräuselte einen Augenblick lang das Wasser des Brunnens.

Oder er drehte sich mit ausgestreckten Armen im Kreis, mitten auf der gemähten Wiese, wo sich der Schatten der Platanen ausbreitete wie auf einem Samtteppich, er drehte und drehte sich, bis ihm zum Erbrechen übel wurde. Eine Art zähe Flüssigkeit wogte in seinem Kopf, um ihn herum tanzten die Höfe und Bäume einen stillen Reigen. Wenn er sich genug an dieser Bewegung berauscht hatte, ließ er sich ins Gras fallen, zerschlagen, ohne an etwas zu denken. In seinem Kopf jagten die Dinge weiter im Kreis, während er mit bleichem Gesicht und geballten Fäusten im Gras lag, wie ein gehetztes Tier, das sich seinem Schicksal ergibt.

Er war unglücklich, ohne dass ihn irgendetwas Bestimmtes bedrückte. Er war in jenem Alter, in dem sich die Empfindsamkeit aufs Äußerste steigert, in dem man zwischen der Haut eines Kindes, die man abstreift, und der Haut eines Mannes, die einem allmählich die Muskeln überzieht, alles viel heftiger spürt. Er ging jeden Sonntag zur Messe, und da er dort so viele ältere Frauen und Männer sah, fragte er sich, warum seine Mutter ihn nicht begleitete. Er verbrachte noch immer viel Zeit auf dem Dachboden. Dieser war für ihn aber kein verwunschenes Land mehr, keine Zufluchtsstätte, die Ablenkung bot, sondern ein Ort, der ihn durch seine tiefe Traurigkeit anzog, ein geheimes Königreich, das er aufsuchte, um weinen zu können, ohne dass man ihm Fragen stellte.

Nur Kinder können jene erschütternden Gefühle namens *Glück* oder *Traurigkeit* in ihrer ganzen Intensität empfinden. Er war *traurig*. Man kann diese Kinder dabei beobachten, wie sie sich still, mit weit aufgerissenen Augen in eine geheime Traumwelt vertiefen. Wenn man sie schüttelt, kehren sie mühsam in unsere Welt zurück.

»Bist du glücklich?«

»Ja.« Und dieses »Ja« ist die Grenze eines für uns unwiederbringlich verlorenen Landes.

»Georget, was hast du?«

Die Mutter strich dem Kleinen über die Stirn, versuchte ihn glauben zu machen, sie kenne den Grund für seine Melancholie, indem sie ihm fest in die Augen sah.

»Ich? Nichts …«

Und dieses »Ich?« war der Nebel, in den er sich hüllte, um Zeit zu gewinnen, um eine bestimmte Mimik anzunehmen … und seine Augen, die bereits die Augen eines Mannes waren und in denen man eine dunkle und sinnliche Welt erkennen konnte, funkelten undurchdringlich. Die Vertrautheit von Mutter und Sohn hatte stark nachgelassen.

Von einer innigen Liebe waren sie zu einer etwas

feindseligen Gleichgültigkeit übergegangen. Das Kind hatte nicht mehr das Bedürfnis, auf dem Schoß der Mutter einzuschlafen; die Finger der Frau wanderten nicht mehr selbstvergessen durch die blonden Locken, die stellenweise nachdunkelten. Sie gewöhnten sich an dieses gemeinsame Leben. Nichts daran überraschte sie. Thérèse Delombre lebte nur mehr für sich und für ihren Liebhaber. Georges *wartete* mit leerer und schmerzerfüllter Seele. Worauf wartete er? Er wusste es nicht, aber im Grunde seines Herzens war er tief verletzt.

Die Liebe zwischen zwei Menschen, die zusammenleben, kann nur durch andauerndes Streben fortbestehen. Sie kann nicht ohne Anstrengung existieren, und Kinder sind besser darin, sich anzustrengen, was, wie sie ahnen, für sie sehr lohnend sein kann. Thérèse Delombre war ganz von ihrer Liebe in Anspruch genommen, und unter der Anleitung von Vater Melun ging im verwaisten Herzen des Kindes, das die ersten Gefühlsausbrüche der Mutter dafür besonders empfänglich gemacht hatten, die Sonne Gottes auf.

Georget ging regelmäßig zum Katechismusunterricht, ihm gefiel das Beten im alten Wohnzimmer voller Wunder. Die Erinnerungsstücke an Reisen durch alte Legenden, Vater Melun, der unbeholfen die kindischen Wunder der Religion erklärte, wie ein alter Vagabund, hinter dessen holprigen Sätzen sich fabelhafte Wälder voller sternengleich funkelnder Vögel erahnen lassen, Häfen voller Schiffe mit zauberhaften Namen: Tartane, Galeere … All das zog den Geist des Kindes an wie ein schönes Buch mit vielen Bildern.

*

Thérèse Delombre wünschte, der Krieg würde niemals zu Ende gehen. Die Leidenschaft umgab sie mit einem Kreis aus Feuer. Sie war für nichts empfänglich außer für sich selbst. Sollten die Frauen doch schwarz tragen, sollten die Männer doch dort sterben! Ihre Liebe blendete sie, machte sie taub und stumm. Sie vernachlässigte Georget, das konnte man an der Sorgfalt erkennen, mit der sie ihn ankleidete. Sie ersetzte die Küsse von damals durch hübsche Strickjacken und Spielzeug.

Ihm gegenüber fühlte sie sich ein wenig schuldig, ihrem Mann und seinem Andenken gegenüber hingegen gar nicht. An den ersten Abenden empfand sie einen wohltuenden Schmerz, wenn sie nach dem Liebesspiel mit Otto im Bett lag und sich sagte: »Was du da tust, ist schlecht.«

Ihre Gedanken wurden von romanhafter Sprache geleitet, wie das bei vielen beschränkten Frauen der Fall ist: »Dein Mann ist gefallen, um das Vaterland zu verteidigen … und du …« Da ihr Verstand jedoch kaum zur Abstraktion fähig war, ging sie sofort zur Frage über: »Was würden die Leute sagen, wenn sie etwas davon wüssten?«

Wie ein Schauspieler, dessen Aufregung abflaut, wenn er die gleiche Rolle immer wieder spielt, war auch sie allmählich nicht mehr von ihrem Fehltritt betroffen. Dennoch hatte sie nach wie vor das Bedürfnis, ihrer Liebe etwas Außergewöhnliches zu verleihen, und so fragte sie Otto manchmal: »Vielleicht ist das, was wir tun, schlecht?«

Sie versuchte, diese so oft gestellte Frage dramatisch klingen zu lassen, aber trotz aller Bemühungen stellte sich bei ihr kein Gefühl des Verrats ein. Otto gab nie eine Antwort. Falls er jemals Verrat begangen hatte, dann bestimmt nicht dadurch, dass er Thérèse küsste. Dessen war er sich ganz sicher.

Jeden Abend wiederholte sich das gleiche Spielchen wie bei ihrem ersten Treffen. Er plauderte eine Weile mit der Mutter und dem Kind, ging mit seinen Kameraden im Café eine Runde Karten spielen, während die Frau und das Kind zu Bett gingen, und wartete dann bei seiner Rückkehr in der Laube auf Thérèse.

Der Junge mochte den Deutschen nicht. Er fand ihn freundlich, aber in der Schule wie beim Katechismusunterricht erzählte man ihm eine Menge Schlechtes über Deutschland, und er verstand nicht, wie seine Mutter diesem Feind so freundschaftlich gesinnt sein konnte.

Der Mann tat alles in seiner Macht Stehende, um dem

Knirps zu gefallen, aber seine Anstrengungen waren vergebens. Dieser Widerstand ärgerte ihn und erfüllte ihn mit Bewunderung. Das Kind war bezaubernd, Otto war entzückt von seinen wilden Locken und seinen müden Augen. Er wendete alle Listen der Liebe an, suchte lange nach Worten, die ihm gefallen könnten, hörte ihm mit großer, nicht immer vorgetäuschter Aufmerksamkeit zu und versuchte, sich mit leisen Schritten, wie ein Jäger, der seine Beute nicht erschrecken will, in sein Herz zu schleichen. Wenn er auf dem Bauernhof war, dachte er viel öfter an das Kind als an Thérèse. Das Vergnügen, das er empfand, wenn er mit der Frau zusammen war, wurde durch Georgets Gleichgültigkeit geschmälert, und oft, vor allem wenn er befriedigt von einem Treffen mit Thérèse zurückkam, hätte er alle Liebe der Mutter für ein Lächeln des Kindes gegeben. Während er sprach, legte er manchmal beiläufig eine Hand auf den Nacken des Jungen. Er beobachtete den Kleinen aus dem Augenwinkel, versuchte ihn zu durchschauen. Georgets Geste war immer die gleiche. Mit einer geschmeidigen Kopfbewegung befreite er sich, der Mann begriff, dass es ihm niemals gelingen würde, diesen kleinen Starrkopf zu umgarnen, und steckte seine Hand wieder in die Hosentasche.

Eines Abends waren sie zu dritt draußen im nächtlichen Garten; das Kind stand zwischen den Knien des Deutschen. Das freute den Mann. Plötzlich fiel ihnen ein, dass morgen Georgets Geburtstag war. Dieser Tag, auf den sich Thérèse sonst immer lange vorbereitete, hatte sie überrumpelt. Sie bereute ihr Versäumnis – in der Familie war es üblich, sich zum Geburtstag und zu anderen Festen ausgiebig Glück zu wünschen –, aber das Kind lief zu seiner Mutter und gab ihr einen Kuss.

»Geh zu Monsieur Rülf, damit er dir auch einen Kuss geben kann«, sagte sie.

Das Kind nickte, ging langsam auf den Mann zu und senkte den Kopf, als es bei ihm angekommen war, um sich küssen zu lassen; dann machte es eine Bewegung, die so abrupt war, dass Ottos Kuss sich in der Nachtschwärze verlor. Der Deutsche hatte verstanden, nicht aber Thérèse. Entweder aus Dummheit oder weil sie hören wollte, dass sie etwas Verwerfliches tat, fragte sie ihn: »Warum willst du nicht, dass Otto dir einen Kuss gibt?«

Der Junge zog die Schultern hoch, blieb einige Sekunden lang stumm und sagte dann plötzlich, weil er fühlte, dass er es sonst nicht mehr über sich brächte: »Weil ich nicht von einem Boche geküsst werden will.«

Thérèse schoss das Blut ins Gesicht. Otto wurde sicher ganz blass. Das Kind hatte einen Kloß im Hals. Eine tiefe Stille schob sich zwischen sie. Dann hörte man weit draußen auf dem Land drei Detonationen. Wahrscheinlich Tests in der Munitionsfabrik von Sorgues … Otto stand auf, gab Thérèse die Hand und verschwand. Georges Delombre kam ihm vor wie ein Mann. Er hätte vor Enttäuschung weinen mögen.

*

Im Schlafzimmer fragte Thérèse, die ganz außer sich war, das Kind: »Warum warst du so gemein zu diesem Herrn, wo er doch immer nett zu dir gewesen ist?«

»Ich will nicht, dass du ihn Otto nennst.«

»Aber, mein Kleiner, ich nenne ihn nie Otto, ein Mal ist mir das heute Abend entschlüpft, und ich habe ihn nur deshalb beim Vornamen genannt, um dein unhöfliches Verhalten wiedergutzumachen. Diese Männer sind tapfere Burschen, genau wie die französischen Soldaten.«

»Du hast ihn schon vier Mal vor mir Otto genannt.«

Oh! Dieser gnadenlose Spieler! Als er »vor mir« sagte, war das zwar keine Anspielung gewesen, da er nichts von dem Verhältnis seiner Mutter mit dem Deutschen wusste, aber die Betonung des ganzen Satzes lag auf diesen zwei Wörtern. Er hatte also gezählt, wie oft ihr der Vorname des Mannes entschlüpft war. Vielleicht war er nachts, während sie im Garten war, aufgewacht und kannte das Spielchen der beiden.

Nie hatte Thérèse den leisesten Verdacht gehegt, dass er etwas bemerkt haben könnte, und nun schien er alles zu wissen. Wie konnte sie das feststellen? Sie versuchte kurz, sich eine Frage auszudenken, deren Antwort ihr Gewissheit verschaffen würde, aber ihr fiel nichts ein. Sie fürchtete, dass sie sich bei der harmlosesten Frage ihres Sohnes verraten könnte, deshalb dimmte sie schnell das Nachtlämpchen und küsste ihren Sohn so zärtlich wie schon lange nicht mehr, bevor sie sich ins Bett legte. Sie fiel in einen Halbschlaf, ohne daran zu denken, dass sie in einer Stunde leise zu ihrem Liebhaber hinuntergehen wollte. Ihre Gedanken waren in ein kaltes weißes Licht getaucht. Der Saum des Schlafes ist so voller Erkenntnis und Poesie! In diesem Bereich nimmt alles einen besonderen Glanz an, selbst das Gewöhnlichste bricht auf wie Knospen und bringt ungeahnte kostbare Blüten hervor, die sogleich welken und von dem dunklen Fluss fortgerissen werden … Diese Hände, die sie so gern hielt, an denen ein Smaragd funkelte, ein Stern auf der Haut, grün wie ein Walkürenauge, diese Hände hatten vielleicht ihren Mann getötet. Sie sah die beiden mit blitzenden Messern kämpfen, bis ihre helle Träumerei allmählich verschwamm und dunkler wurde, wie eine herunterbrennende Lampe … Sie schlief ein.

Sie war schon lange nicht mehr vom Schlaf übermannt worden, ohne sich zuvor mit ihrem Liebhaber zu treffen.

Georget verspürte ein dumpfes und starkes Pochen in seinem Kopf, als wäre er von einer sehr schweren Anstrengung erschöpft. Er konnte nicht einschlafen. Seine Worte hatten ihn erschreckt, und er schrieb sie jemand anderem zu. Er *hörte* seine eigene Stimme, die etwas verändert klang, weil er sich zwang, seine Schüchternheit zu überwinden, und so kreiste der Satz unaufhörlich in seinen Gedanken. Nach fünf Sekunden hatte er jeglichen Sinn verloren, aber Georget spielte noch eine Weile mit ihm …

Als sie am nächsten Morgen erwachten, hatten sie sich beide verändert. Der Himmel war im Osten rot. Der Tag würde regnerisch werden. Die kupferrote Sonne tauchte hin und wieder zwischen dicken, bleigrauen Wolken auf, die unnatürlich blaue Schatten auf die umliegenden Hügel warfen. Georget hasste unbeständiges Wetter. Die Feuchtigkeit drang ihm bis in die Knochen, und noch während er im Bett lag, verdross ihn bereits die Aussicht auf diesen Tag, der schon das Wetter von Allerheiligen ankündigte. Ein Hahn krähte inbrünstig. Der Junge stellte sich ihn auf einem Heuballen vor. Auf einem jener Heuballen, die noch eine schöne, goldgelbe Farbe hatten, auf denen im Herbstregen aber schwarzes Moos wachsen würde; Heuballen, die man mit dicken Steinen beschweren musste, damit der Mistral sie nicht über das Land verstreute.

Thérèse Delombre war stolz darauf, dass sie sich nicht mit ihrem Liebhaber getroffen hatte, obwohl es keine Absicht gewesen war. Ob er wohl da gewesen war? Der

Gedanke, dass er über die Worte ihres Sohnes verärgert sein könnte, beunruhigte sie. Sie fürchtete, ihn verloren zu haben. Diese Angst quälte sie den ganzen Tag. Trotzdem knirschten am Abend zum vereinbarten Zeitpunkt, als alle Sterne ihren Platz am Himmel bezogen hatten, die Schritte des Deutschen auf dem Kies. Der Mann gab Georget die Hand.

»Sind wir noch Freunde?«, fragte er ihn.

Das Kind antwortete ohne Überwindung: »Ja.«

Das Gewitter war heute nicht auf sie niedergegangen. Kein einziger Tropfen war aus den vielen Wolken gefallen, die sich am Morgen zwischen den Hügeln versammelt hatten. Georget war ruhig und fröhlich. Wenn die Bauern einander trafen, sagten sie »Heute bleibt's trocken«, und verlangsamten die Fahrt der großen Heuwagen, denen der Regen nichts mehr anhaben konnte. »Pamens, me sarieou fa coupa la testo!« (Ich hätte meinen Kopf verwetten können, dass es heute regnen würde!)

XVI

Als das Kind ankam, waren bereits einige Personen um den Beichtstuhl versammelt. Die Dorfkirche war neu und charakterlos. Sie war in einem lächerlichen Zartrosa gestrichen und die tiefblaue, mit goldenen Sternen übersäte Decke war dem Himmelszelt nachempfunden. Mitten im Kirchenschiff hing ein prächtiger Kristallleuchter, gestiftet von einer ewig lästernden Frau, der man gedroht hatte, man werde sie andernfalls gerichtlich belangen. So erstrahlte das Lästermaul von Mutter Patin, einer sehr reichen Bäuerin der Gegend, im Licht von dreihundert Kerzen, die nur an Festtagen angezündet wurden. Jetzt aber hing der Leuchter traurig da, voller Staub und Ruß. Während der Gottesdienste erwachte er durch den Schein der flackernden Kerzen feurig und wundersam zum Leben. Wie ein gefangener Stern funkelte er im Kirchenschiff und sprenkelte die Augen des kleinen Georges, der den Blick nicht von den Kerzen abwenden konnte, mit goldenen Punkten. Jetzt machte Georget dieser riesige, leblose Gegenstand Angst.

In dem Gebäude hing ein stechender Geruch nach

Mauerwerk, Lampenöl und Weihrauch in der Luft. Kerzen brannten vor einem Heiligen Herzen Jesu, umringt von französischen Fahnen und von Photographien aller Kinder des Dorfes, die im Krieg gefallen waren … oder Gefahr liefen zu fallen. Auf der gegenüberliegenden Seite stand eine Statue der Jungfrau vom Siege und beim Chor, ganz hinten im Kirchenschiff, befand sich, unter einem leicht nach links geneigten Kreuz, der Beichtstuhl. Um den alten, schwarzen Verschlag hockten einige Frauen und Kinder. Die Stimme von Vater Melun, der seine Sünden beichtete, drang dumpf durch das Holz des Beichtstuhls. Das Gemurmel der betenden Frauen und das Klappern von Rosenkranzperlen auf Eichenbänken … all das machte einen armseligen und hoffnungslosen Eindruck …

Das Kind hatte noch nie die Beichte abgelegt. Sein Herz zog sich zusammen bei dem Gedanken, dem Pfarrer all seine schlechten Taten anvertrauen zu müssen. Man hatte ihm gesagt, der Priester vergesse alles, was man ihm bei der Beichte gestand, und der Junge glaubte es sofort.

*

Das Vergessen der Sünden, gewöhnlich einer der Aspekte, von denen man Kinder nur schwer überzeugen kann, erschien Georget keineswegs merkwürdig. Die Religion bestand in seinen Augen aus so vielen geheimnisvollen

Dingen, dass ihm dieses Ereignis, das sich direkt vor ihm abspielte, nicht unwahrscheinlicher erschien als alles andere. Er betrat diese weitläufige, finstere Kathedrale, und da er selbst ein kleines Wunder verursachen würde, den Gedächtnisverlust des Priesters, war er nun Teil dieses großen Systems voller Geheimnisse, von dem man ihm jeden Tag ein kleines Stück enthüllte. Nicht dass seine kleinen Kindersünden im Gedächtnis des alten Pfarrers von Gadagne erhalten bleiben würden, jagte ihm Angst ein, sondern dass er selbst gezwungen war, sie auszusprechen. Seine schlimmste Sünde war sicher, dass er *etwas Unanständiges* mit der Kleinen gemacht hatte.

Seit dem Tag, an dem er von der Beichte erfahren hatte, dachte er darüber nach, und dieser Gedanke ging ihm nicht mehr aus dem Sinn. Als er gerade zur Beichte aufbrechen wollte, hatte ihm seine Mutter lange stumm in die Augen geblickt – was war nur in sie gefahren, dass sie ihn so quälen musste? – und ihm so gezeigt, dass sie ebenfalls daran dachte. Er verging vor Scham. Man hatte ihm erzählt, dass die Sünden, die man zu beichten vergaß, trotzdem vergeben wurden. Er tat sein Möglichstes, um nicht daran zu denken, vergeblich, immer wieder sah er den Bauch des Mädchens vor sich. Die Szene auf dem Dachboden verdrängte alle anderen Gedanken und ließ seine Hände zittern. Naiv dachte er: »Könnte ich es nur vergessen, wenn ich vor dem Pfarrer stehe!« Aber er wusste, dass es das Erste sein würde, das ihm in den Sinn käme. Seine Mutter hatte gesagt: »Dass du mir aber ja nichts vergisst!« – als ginge es um einen Regenschirm! –, »Du weißt ja, dass die Absolution nicht zählt, wenn man etwas verschweigt. Du brauchst dich nicht zu schämen, weil der liebe Gott alles weiß, was du ihm sagst, deshalb nützt es nichts, wenn man versucht, etwas vor ihm zu verbergen. Er hat die Beichte nur erfunden, um zu sehen, ob seine Kinder aufrichtig sind und nicht lügen.« Warum setzte sie nur alles daran, ihn derart zu plagen, obwohl sie ihn nie in die Kirche begleitete?

Ihre Worte klangen dumm und lächerlich. Nicht vor Gott fürchtete sich Georget, sondern vor Pfarrer Payan. Er würde über sein Erlebnis sprechen müssen. Welch schmerzlicher Augenblick!

Ich sage das nicht, um schmunzelnd Mitleid für die sogenannten kleinen Sünden derjenigen, die man auch *die Unschuldigen* nennt, zu bekunden, im Gegenteil scheint mir nichts auf der Welt ernster als dieses erste Ringen eines Kindes mit der Religion. Ich möchte, dass ihr überwältigt seid vom Schmerz dieses zitternden Bubs, der sich selbst quält. Voller Naivität glaubte er, er könnte die Sache vergessen, aber seine Sünde gewann imgrunde an Bedeutung, je mehr er an sie dachte.

Da er das nackte Mädchen so oft im Geiste vor sich sah, wünschte er sich schließlich, sie tatsächlich wiederzusehen. Er fragte sich, ob so zu spielen, eine Sünde war … und was war mit *den anderen Dingen*, den geheimen Vergnügungen auf dem Dachboden? Er ging im Kopf die Gebote Gottes und der Kirche durch, fand aber nirgendwo ein Verbot dieser Dinge.

»Fleischliche Verbindung begehre nur in der Ehe.«

Er verstand den Sinn der Worte nicht, auch wenn sie für ihn etwas Anziehendes und Geheimnisvolles hatten.

Was bedeutet »Fleischliche Verbindung«?

Das waren Georges Delombres Qualen gewesen, bis zu dem Augenblick, in dem er die Kirche betrat. Jetzt, wo er mitten im Kirchenschiff stand, spürte er nichts mehr, und eine heilsame Leere war in seinem Kopf entstanden. Das Warten beim Zahnarzt ist schmerzlos. Das Warten auf Gott auch.

Man hörte das Knarren des hölzernen Ladens, der das kleine Fenster im Beichtstuhl verschloss, und Vater Melun kam in ein blau-gelb kariertes Taschentuch schluchzend aus dem kleinen Verschlag. Die frommen Frauen ließen sich davon nicht beirren, da sie es gewohnt waren, ihn jeden Samstag so in Tränen aufgelöst aus dem Beichtstuhl kommen zu sehen; die Lausbuben, die dieses amüsante Spektakel ebenfalls gewohnt waren, lachten darüber, Georget jedoch war von dem lautstarken Schmerz des alten Mannes zutiefst erschüttert.

Was hatte Vater Melun bloß Schlimmes getan, dass er

beim Beichten so viele Tränen vergießen musste? Georgets Augen brannten und auch ihm war nach Weinen zumute. Während der Alte, niedergesunken auf dem roten Teppich vor dem Altar der Jungfrau vom Siege, Rosenkränze zu beten begann, riefen die Buben lachend nach Georget, der sich nicht in das hallende Kirchenschiff vorwagte. Sie machten dabei so viel Lärm, dass der hinter den weißen Vorhängen des Beichtstuhls lauernde Priester einen lauten Pfiff ausstieß. Das schrille Geräusch ließ den Jungen erstarren. Trotzdem setzte er sich still zu seinen Kameraden und begann mit der sogenannten Gewissenserforschung. Die anderen Kinder zogen ihn am Kittel, sie brachten ihn zum Lachen und ihr Schabernack ließ sogleich ein wenig Frohsinn in ihm aufkommen. Die Beichte abzulegen ist gar nicht so schwer. Und vielleicht erkennt einen der Pfarrer im Dunkeln gar nicht?

Ach! Das erste Mal war sicherlich am peinlichsten. Die nächsten Male hätte er keine schlimmen Dinge mehr zu gestehen. Er ging erneut sehr gewissenhaft die Liste seiner Sünden durch. Er hatte sie mithilfe seiner Mutter auf ein kleines Stück Papier geschrieben, um nichts zu vergessen, aber unten auf der Seite gähnte eine große, vielsagende Leere. Er sprach leise seinen Nachbarn an. Den Sohn des Briefträgers, einen großen blonden Bengel voller Sommersprossen, der Georges Delombre im Unterricht oft durch seine schmutzige Sprache und seine hässlichen Gesten zum Erröten brachte: »Hast du schon mal gebeichtet?«, fragte er ihn.

»Na klar! Schon oft.«

»Und … und … erzählst du dem Pfarrer alles?«

»Und ob! Das ist urkomisch, mein Freund, und dann fragt der Pfarrer einen Sachen … Sachen … und wenn man ›Ja‹ antwortet, seufzt er so tief, dass der Vorhang zittert. Ich sag' ihm alles, was mir so einfällt, um ihn auf die Palme zu bringen …«

»Aber wenn du diese Sünden doch gar nicht begangen hast, dann lügst du ja?«

»Ich hab' alle Sünden begangen, mein Freund, und ich beichte immer gleich, dass ich ununterbrochen lüge. So hab' ich meine Ruhe. Abgesehen davon komm' ich zur Beichte, weil mir meine Mutter jedes Mal zehn Sous dafür gibt, wegen meines Vaters, weißt du, der wollte nämlich früher nie, dass ich beichten gehe. Wenn er jetzt auf die Pfaffen schimpft, sagt meine Mutter zu ihm: ›Du siehst doch, dass der Kleine an der Religion Gefallen findet. Du wirst ihn doch nicht etwa davon abhalten wollen, in die Kirche zu gehen?‹ Da hält der Alte die Schnauze. Und außerdem kann ich mich, wenn ich hier bin, um die Schufterei im Garten drücken, verstehst du …?«

Madame Gardet, die auf der Bank vor ihnen saß, fuhr herum, um die Kinder zum Schweigen zu bringen, aber als sie sah, dass es Georges Delombre war, wurde ihr

Blick sanfter und sie begann, sich mit ihm zu unterhalten und machte mehr Lärm als alle Kinder zusammen. Eine ungehaltene Stimme erscholl aus den Tiefen des Beichtstuhls: »Ich muss doch sehr bitten, Madame Gardet …«, woraufhin der Bub des Postboten sich vor Lachen krümmte.

»Ich glaub', die alte *loche* bekommt richtig Ärger!«

Georget war von diesen Worten, dieser Atmosphäre, der ganzen Umgebung erschüttert. Vater Meluns Wohnzimmer war zwar sehr ärmlich, aber all die funkelnden Erinnerungsstücke erinnerten ihn an den Himmel. Hier fand er alles abstoßend, die fahlen Wände, das derbe Gespött seiner kleinen Kameraden, Madame Gardets Geschwätz, die dümmliche Stimme des Pfarrers.

Während er noch vor sich hin träumte, kamen die Anwesenden einer nach dem anderen dran, und dann war der kleine Briefträger an der Reihe – seine unangenehme Stimme erschallte im hölzernen Beichtstuhl – und schließlich Madame Gardet. Georget spürte, wie das Blut in seine Stirn schoss, wie seine Fingerspitzen zitterten, als wäre aus ihnen siedendes Blut geströmt. Sein Kopf war leer. Irgendwelche Lichtstrahlen fielen ihm in die Augen und blendeten ihn. Man hörte, wie der Laden im Beichtstuhl geschlossen wurde, dann kam der Sohn des Briefträgers heraus, die Arme über der Brust verschränkt, aber mit funkelnden Augen. Der Laden ging wieder auf, und als wäre eine Schleuse aufgegangen, ergoss sich der Schwall von Madame Gardets lächerlichen Sünden in das Gitter. Der Pfarrer, der die Stimme seiner treuen Klientin erkannte, sammelte sich und bereitete in aller Ruhe die Predigt für den kommenden Sonntag vor.

*

Georgets Knie rieben sich am Holz der Bank wund. Vor ihm befand sich in einem horizontalen Holzbrett auf Höhe seines Gesichts ein längliches Loch, von dem er sich fragte, wohin es führte. Ihm gegenüber hing eine Christusfigur aus dunklem Holz und in dem engen Verschlag herrschte ein undefinierbarer Geruch von Teer und Öl. Ein unerklärlicher Schiffsgeruch. Durch das Brett drang Madame Gardets gleichmäßiges und monotones Gemurmel. Sie legte nicht die Beichte ab, sondern erzählte ihr Leben und vermischte dabei gute und schlechte Taten, enttäuschte Hoffnungen und glückliche Zufälle. Aus Höflichkeit – oder vielleicht, um Atem zu holen – schwieg sie hin und wieder für einen Augenblick und setzte diese kurze Stille wie einen Köder ein. Der Priester schwieg und sie fuhr umso geschwätziger fort. Hinten in der Kirche schlug die Uhr weihevoll zur halben Stunde. Seit einigen Sekunden hatte sich die Stimme des Priesters unter die der Büßerin gemischt, und dieser gedämpfte Streit ließ

Georget ahnen, dass er bald an der Reihe sein würde. Der Laden schloss sich auf Madame Gardets Seite, und bevor Georget Zeit hatte, sich zu fangen, erschien hinter dem Gitter die weiße Maske des Priesters, der sich beim Anblick eines Kindes erleichtert dachte, er werde den Vier-Uhr-Zug nach Gadagne erreichen.

»Ich höre, mein Junge.«

Nachdem er mit tonloser Stimme die rituellen Gebete aufgesagt hatte, begann Georget seine Sünden zu beichten, unterbrochen von zahlreichen »Äh!«s, was den Alten zur Verzweiflung brachte. Nein, er wagte es nicht, das auszusprechen, was ihm solche Angst machte. In seinem Kopf drehte sich alles ... doch da kam ihm eine wahrscheinlich sehr schlimme Sünde in den Sinn, deren ganzes Ausmaß ihm in seinem überreizten Zustand plötzlich bewusst wurde. Handelte es sich überhaupt um eine Sünde? Er musste darüber sprechen. Eine Stimme sagte ihm, dass er diese Geschichte erzählen musste! Es war ein Augenblick der Schwäche ... Er wusste nicht mehr, was er sagen sollte. Er hatte alles Mögliche vergessen.

»In Demut und Reue bekenne ich, ...«, (er wusste nicht, wie er diese aus Übellaunigkeit begangene Tat als Sünde darstellen sollte, aber wer weiß, wo die Schuld beginnt?), »dass ich nicht barmherzig gewesen bin und dadurch meine Mutter gekränkt habe ...« Er stammelte wirre Worte. Am Ende fragte er den Priester plötzlich, fast unwillkürlich: »Vater, ist es eine Sünde, wenn man sich nicht von einem Boche küssen lassen will?«

Der Priester riss die Augen auf, dachte ans Schlimmste und fragte mit jovialer Stimme: »Hör zu, mein Junge, was willst du damit sagen? Erkläre mir klar und deutlich; was ist dir widerfahren? Man darf nichts vor dem lieben Gott geheim halten, sprich …!«

Das Kind begann mit so erstickter Stimme zu reden, dass der Priester nichts verstand.

»Ich bitte dich, fang noch einmal von vorn an, sprich lauter.« Ganz aufgelöst berichtete das Kind ziemlich laut und in einem Zug, was passiert war.

Und Sie, Madame Gardet, was tun Sie noch auf Ihrem Betstuhl aus granatrotem Samt, wo Sie doch schon vor einer Weile die zwei Rosenkränze, die man Ihnen zur Buße aufgetragen hat, fertiggebetet haben? Ich sehe Sie fromm über den abgewetzten Samt gebeugt …

Der Pfarrer war entsetzt über das, was ihm das Kind berichtete. Er war zwar zu unbedarft, um zu erraten, welche Bande Thérèse Delombre und den Deutschen vereinten, aber dass eine Kriegswitwe, die Frau eines gefallenen Offiziers, zum grausamsten Zeitpunkt des Kriegs mit einem Deutschen plauderte, »das ging über seinen Verstand«.

Der gute Mann war nicht auf die Idee gekommen, dass der Deutsche Thérèses Liebhaber war, Madame Gardet hingegen war böswillig genug, um es sich auszumalen, und *Wahrheiten*, die man erahnt, erscheinen in der Vorstellung in einem Licht, das jeden Zweifel zerstreut. Die Frau dachte nicht »vielleicht?«, die Wahrheit blendete sie. Sofort nistete sich ein geschliffener und klarer Gedanke ohne Ecken und Kanten in ihrem Geist ein; ein Gedanke, wie er ihr schon lange nicht mehr gekommen war: »Thérèse Delombre ist die Geliebte dieses Mannes.« Als fromme Gläubige und Französin schauderte ihr; als Madame Gardet frohlockte sie jedoch und ihre spitze Zunge strich, einem erregten Tier gleich, zwischen ihren fauligen Zähnen hin und her.

Liebschaften bleiben im Allgemeinen nicht lange geheim. Diese Liebschaft aber war, eben aufgrund ihrer Eigenart, vor dem Blick Außenstehender verborgen geblieben. Solange Liebende nur an sich selbst zu denken brauchen, entrückt sie ihre Leidenschaft dieser Welt, aber sobald sie auch nur einmal bei einem Blickwechsel ertappt werden … verleiht das ihrer Liebe unweigerlich etwas Anstößiges, gegen das sich diese Welt gut zu verteidigen weiß.

»Mein Junge, es ist mit Sicherheit keine Sünde, einen Feind zu küssen. Aber ich glaube, dass man unter den gegenwärtigen Umständen lieber keine freundschaftlichen Beziehungen mit unser aller Feinden unterhalten sollte. Wer gegen das Vaterland sündigt, versündigt sich auch gegen den lieben Gott, der es uns geschenkt hat. Gewiss hat nicht dieser junge Mann den Krieg begonnen, aber unter den deutschen Offizieren … (da er nicht wusste, was er zu einer solchen Angelegenheit sagen sollte, die weit über die naiven Probleme der frommen Frauen hinausging, zog er die Wörter in die Länge und bediente sich einer dem elfjährigen Kind völlig unverständlichen Sprache, sodass der arme Kerl nichts davon begriff).

Man vernahm das Rascheln von Madame Gardets schwarzem Kleid, und nachdem der Priester einige Worte gebrummelt hatte, die kein Ende zu nehmen schienen, aber dann plötzlich mit einem schroffen *Amen* abbrachen, schob sich der hölzerne Fensterladen vor Georgets feuchte Wange.

Sein Kopf fühlte sich schwer an, und er glaubte bei jeder noch so kleinen Bewegung zu spüren, wie eine brennend heiße Flüssigkeit gegen seine Schläfen schwappte. Er ging zu seiner Bank und setzte dabei langsam einen Fuß vor den anderen, als fürchtete er, sein Kopf könnte durch die geringste Erschütterung von seinen Schultern fallen. Das Chorhemd des Priesters, der aus dem Beichtstuhl kam, streifte ihn im Vorbeigehen.

XVII

Als er nach Hause kam, fragte ihn seine Mutter lächelnd, »ob alles gut gegangen sei«. Leicht errötend antwortete er: »Ja«. Kinder mögen es nicht, wenn man sie auf die Beichte anspricht, da diese für sie, neben den Untersuchungen beim Arzt, die unangenehmste, erniedrigendste Erfahrung darstellt.

»Und was hast du ihm erzählt?«

Obwohl die Beichte doch geheim war, wollte das Kind schnell damit abschließen, und antwortete: »Dass ich dich wütend gemacht habe und dass ich freitags Wurst gegessen habe. Was hättest du ihm denn an meiner Stelle erzählt? Außerdem konnte ich mich, als ich da drin saß, an nichts mehr erinnern.« Georget erwähnte die Sache mit dem Deutschen nicht. Dieser Vorfall hatte Thérèse den ganzen Tag lang gequält, nicht etwa, weil ihr die Weigerung ihres Sohns Gewissensbisse bereitete, sondern weil sie fürchtete, ihr Liebhaber könnte deswegen gekränkt sein. Sie wollte mit ihrem Sohn nochmals über sein Benehmen sprechen. Sie wusste nicht, wie sie es anstellen sollte, Georges die Szene des vorigen Abends *in Erinne-*

rung zu rufen, und so sagte sie nach dem Abendessen: »Zieh deine Wolljacke an, wenn du nachher an die frische Luft gehst. Nachts wird es schon kühl.«

Das Kind konnte nicht anders, als an Ottos Besuche zu denken. Sie erkannte es an seinem Blick. Sobald er nur eine Spur von Leidenschaft im Herzen hat, entdeckt auch der beschränkteste Mensch, dass er zu großem Feinsinn fähig ist! Das Kind war *eingestimmt*! Sie sagte: »Warum warst du neulich Abend nicht nett zu Otto? Wo er doch immer gut zu dir gewesen ist.«

»Aber Mam, ich bin doch nett zu ihm, ich will nur nicht, dass er mir einen Kuss gibt. Er riecht schlecht.«

Es war dieser sinnliche, berauschende Geruch nach Schweiß, nach Leder, den sie an den empfindlichsten Stellen seines Körpers suchte. Imgrunde war es, trotz allem, ein Kriegsgeruch.

»Ach, du bist ein Dummkopf. Du taugst zu nichts, außer die Leute zu kränken.«

»Und wenn er mich kränkt?«

Sie senkte den Blick. Das Kind sagte, es wolle nicht hinausgehen, ihm sei kalt und es werde im Haus lesen und auf seine Mutter warten. Sie ging hinaus und setzte sich in den Garten. Ein schmaler Streifen Licht fiel durch die halboffenen Fensterläden, kroch zuerst über den Kies, kletterte dann auf das Pfaffenhütchen und verlor sich im Schwarz des Himmels. Schon bald kam der Mann. Keiner der beiden hatte je vermutet, irgendjemand könnte etwas von ihrer Beziehung ahnen, ausgenommen die beiden Kameraden von Otto, aber denen konnten sie vertrauen. Beunruhigt fragte Thérèse: »Warum hast du diese weiße Weste angezogen? Damit wird dich jeder sehen, der hier vorbeiläuft!«

Otto antwortete, er habe es mit Absicht getan, damit Passanten ihn für eine Frau mit weißer Bluse hielten. Die Begründung war kindisch, zeigte aber, dass etwas ihre Leidenschaft getrübt hatte. Zum ersten Mal seit Beginn ihrer Liebschaft dachten die beiden an den Rest der Menschheit, und das war ein schlechtes Zeichen. Es wurde ihnen plötzlich bewusst, dass die Inbrunst ihrer Liebe nachließ, da in ihrem Geist nun Raum für andere Gedanken war. Selbst die größte Leidenschaft lässt mit der Zeit nach, und da wir nicht sehen können, wie das Wasser unmerklich von Minute zu Minute sinkt, stellen wir eines Tages fest, dass wir, fern von allen Menschen, isoliert und nackt dastehen. Georgets Verhalten hatte die Liebenden um sich blicken lassen. Es hatte ihnen vor Augen geführt, dass sie nicht allein auf der Welt waren. Sie küssten sich traurig, als wären sie dazu gezwungen.

»Wo ist das Kind?«, fragte er.

Das Kind? Es starrte mit weit aufgerissenen Augen auf ein Buch und ballte seine kleinen Fäuste in den Taschen. Die Sätze huschten über das weiße Papier, die Wörter fächerten sich auf und rollten dann den Abhang hinab, wie Schrotkugeln bei der Jagd. Der Junge hörte die gedämpften Stimmen der beiden aus dem Garten und sie trafen ihn bis ins Mark. Er war eifersüchtig auf diesen Mann. Der verärgerte Ton seiner Mutter, als sie »Dummkopf« zu ihm sagte, ging ihm nicht aus dem Kopf, und er hatte bemerkt, wie gleichgültig es ihr gewesen war, dass er nicht mit in den Garten kommen wollte. Es hatte sie gefreut, dass er im Haus blieb. Warum? Das Buch, das vor ihm lag, war ein Sammelband vieler Ausgaben von *Belles Images*. Er gab sich größte Mühe, für eine Geschichte namens *Die Geisterkaravelle* Interesse aufzubringen. Ja, bis an sein Sterbebett würde er sich daran erinnern. Als er, ganz in seiner Nähe, leise Worte und Seufzer vernahm, schien es ihm, als drückte ihm eine blutige Hand die Kehle zu. Auf dem Dachboden blätterte er oft in einem alten Katalog der Manufaktur Saint-Étienne, wo auf Wanduhren splitternackte Frauen abgebildet waren. Es gab dort auch einen alten, von Ratten angenagten Sammelband mit Reproduktionen von Michelangelo und Raphael, und das Kind erfreute sich am Anblick dieser schönen Männer mit stattlichen Schenkeln und muskulösem Bauch und dieser Frauen, deren Beine sich in einem gewölbten Dreieck trafen. Warum dachte er in diesem Augenblick, in dem seine Mutter und der Mann sich im Garten unterhielten, an all diese nackten Leute, die er gesehen hatte? Er dachte an die Statue der *Venus mit Schwalben* im Park am *Rocher des Doms* in Avignon, die er nicht lange anzusehen wagte, wenn seine Mutter dabei war, und an das Soldatendenkmal mit den fünfzehn oder zwanzig Männern, die der Sonne ihre wogende Brust und ihr Glied darboten. In der Vorstellung des Jungen paarten sich all diese Marmor- und Bronzekörper, und da waren auch … Aber er wagte es nicht, daran zu denken. Ein seltsamer Zustand, eher Ohnmacht als Schlaf, ließ seinen Kopf plötzlich ganz leer werden …

Als er einige Minuten später aufwachte, waren im Garten noch immer Stimmen zu hören, aber leiser als vorher, gedämpft durch den Fensterladen, der nun ganz geschlossen war. Er glaubte stundenlang geschlafen zu haben. Die Uhr stand still. Wahrscheinlich war sie schon vorher stehen geblieben, aber die tiefe Stille der Küche machte ihm Angst. In der Ferne, auf dem Land, hörte man den Ruf einer Eule. Der rote Lampenschirm, auf dem schwarze, aus Samt ausgeschnittene Katzen tanzten, verbreitete ein schwaches Licht. Der Schlaf hatte in Georgets Augen lange, goldene Fäden hinterlassen, die langsam hin und her glitten. Um ihn herum war alles hoffnungslos. Wie lange waren der Mann und die Frau schon draußen? Er war todmüde, wollte aber trotzdem nicht einschlafen. Er stand auf, nahm die Karaffe von der Anrichte, trank ein Glas Wasser, aß eine Weintraube. Er hatte dabei Lärm gemacht und das erinnerte Thérèse an seine Existenz. Eine Stimme drang aus dem Garten: »Georget!«

»Was?«

»Hab' keine Angst. Ich komme ja schon, ich komme ja schon …«

Nein, er hatte keine Angst. Um sich die Zeit zu vertreiben, betete er einen Rosenkranz, aber es gelang ihm nicht, sich auf die Worte zu konzentrieren, die er rezitierte. Die schmutzigsten Wörter kamen ihm in den Sinn, als wollte er Gottes Missfallen erregen. Wenig später hörte er die Schritte des Mannes, die sich entfernten, und seine Mutter betrat die Küche. In ihren strahlenden Augen lag noch ein Abglanz der Lust. Ihr Blick streifte ihn flüchtig, als wagte sie es nicht, ihm ins Gesicht zu sehen! Abrupt stieß sie die Tür zum Flur auf. Dem Kleinen fiel ein Stein vom Herzen. Froh über die Erlösung, ergriff er die Lampe.

Seine Mutter umarmte ihn schnell und küsste wie jeden Abend das Porträt des Hauptmanns auf dem Kaminsims im Wohnzimmer. Sie war keine Heuchlerin; sie setzte lediglich eine alte Gewohnheit fort. Sie errötete nicht, als ihre warmen und von Otto befeuchteten Lippen das kalte Glas der Photographie berührten.

In seinem Bett hatte das Kind angefangen zu weinen. Das Nachtlämpchen stand auf dem Waschtisch, da die Mutter nicht ohne Licht schlafen konnte. Georgets Fäuste waren zwischen den Schenkeln geballt und seine

Wangen fiebrig und tränenüberströmt. Der große nächtliche Träumereigen begann. Der Schrankspiegel verdoppelte Georgets Bett. Die Frau atmete regelmäßig, und da es noch sehr warm war, wälzte sie sich ab und zu unter dem Laken hin und her. Sie träumte. Der Junge wusste, wovon. Ihm entfuhr ein lautes Schluchzen, das seine Mutter weckte. Sie setzte sich im Bett auf. Er stellte sich schlafend. Sie legte sich wieder hin. Nein, es war doch nichts …

*

So sah sich Georges Delombre verlassen. Ach! Wie leidenschaftlich pflegte seine Mutter ihn in den Arm zu nehmen, als sie nur ihn zu lieben hatte! Ihm fiel die Szene wieder ein, nachdem sie ihn dabei ertappt hatte, wie er das kleine Mädchen umarmte. Ihr verletzter Ausdruck bereitete ihm damals mehr Kummer, als die Scham, in einer solchen Lage überrascht zu werden. Und als sie die kleine Einäugige aus dem Haus gejagt hatte, einzig und allein aus Eifersucht, wie er dachte! Er hatte fest daran geglaubt, seine Bestimmung wäre, für immer in Zweisamkeit mit seiner Mutter zu leben, und dann brauchte nur dieser Otto daherkommen … Wie viele dieser Kinder mag es wohl geben, deren Frühreife erzwungen wurde und die schon im zarten Alter alle Qualen eines Liebenden erfahren. Zu ihrem Schmerz kommt noch ein weiterer Schmerz hinzu: dass sie die Ursache ihres Leids nicht kennen.

Ein Autor von Romanen sähe sich hier bemüßigt, das Kind ganz allmählich zur Erkenntnis zu führen. Aber nein, das Leben führt jäh Vorfälle herbei, die sich bündeln wie Lichtstrahlen und das empfängliche Herz durchbohren und bluten lassen.

Der Junge vermied es zunehmend, seine Mutter anzusehen. Er verbrachte einen Großteil seiner Tage auf dem Dachboden, aber die Einsamkeit machte ihm keine Angst mehr. Er rief nicht mehr wie früher gelegentlich nach seiner Mutter, um sich zu vergewissern, dass sie noch da war. Im Gegenteil: Wenn er ihre Schritte näherkommen hörte, fürchtete er, sie würde hereinkommen. Dann klappte er schnell das Buch zu, das er las, schloss die Schatulle, die vor ihm stand.

An jenem Nachmittag war der Himmel grau. Einer jener Oktobertage im Comtat … voller Melancholie. Die Natur, die an den langen Sommertagen gierig die Sonne aufsaugt, scheint sich zu zersetzen, weil die Sonne ihr fehlt. Vor dem kleinen Fenster, neben der Katze, die mit den Pfoten unter dem Bauch schlummerte – ein Zeichen für Regen –, saß Georget auf einer Kiste und betrachtete Postkarten und Briefe in einem Kästchen aus kunstvoll geschnitztem Holz. Karten aus den Argonnen, aus Verdun … einer Gegend voller Regen und Aufruhr. So bald schon waren die Briefe seines Vaters auf dem Dachboden gelandet! Er öffnete einen der Briefe. Das Schreiben war auf den 2. August 1914 datiert. Dort stand:

Meine geliebte Ehefrau,

ich schreibe Dir in aller Eile, um Dir die Neuigkeit mitzuteilen. Es ist Krieg. Wir ziehen heute Abend los. Ängstige Dich deshalb nicht über die Maßen, denn ich bin überzeugt, dass alle ihre Pflicht tun werden, und die Frauen müssen den Anfang machen, da sie es am leichtesten haben. Falls wir den Krieg verlieren, liegt die Schuld bei Druidards und Konsorten, die vom dreijährigen Militärdienst nichts wissen wollten. Ich habe Dir ja gesagt, das würde noch ein böses Ende nehmen. Aber Du kannst Dich darauf verlassen, dass Dein Mann seine Pflicht tun wird, meine teure, geliebte Freundin, und er wäre beruhigt, wenn er sicher sein könnte, dass es ihm alle Männer gleichtun. Ich habe gehört, dass Gustave Mittel und Wege gefunden hat, um nicht an die Front zu müssen. Die Drückeberger werden eines Tages den anderen Rechenschaft ablegen müssen. Ich schicke Dir eine Art Testament, für den Fall, dass mir etwas passieren sollte – keine Sorge, davon stirbt man nicht. Ich weiß, dass Du immer meine Thérèse bleiben wirst und ich immer Dein Ehemann. Ich will, dass Du aus unserem kleinen Georges einen Mann machst. Falls sie mich kriegen, erzähle ihm oft von seinem Vater. Denk an mich. Duperche hat sich schon, was das Wechseln von Silberstücken betrifft, wie ein Feigling verhalten. Ich habe es kommen sehen. Sei meiner immer würdig, wie auch ich Deiner immer würdig sein will. Ich weiß, dass Du unsere gemeinsamen Jahre niemals vergessen wirst. Ich werde zurückkommen, meine liebe Thérèse. Möge Georget stolz auf seinen Vater sein, wenn er ein Mann ist. Ich nehme Euch beide fest in den Arm.

Antoine Delombre

Georget las diesen unbeholfenen Brief voller Pathos gleich mehrmals. Seine Ränder waren schon vergilbt, und er schlug auf dem düsteren Dachboden geradezu Funken. Thérèses Stimme drang aus der Küche. Manchmal rief sie ganz plötzlich nach ihm, als tauchte er kurz im Fluss ihrer Gedanken auf: »Georget, was machst du bloß immer dort oben? Kannst du mir nicht ein wenig Gesellschaft leisten?«

Artig schloss das Kind das Kästchen, steckte den Brief in die Tasche und ging hinunter.

Um elf Uhr kam der Junge zum Katechismusunterricht. Von seinen Kameraden war noch kein einziger da. Vater Melun reinigte gerade, die Hände voller Kuhdung, einige große Kupferkandelaber. Sobald er Georget kommen sah, wischte er sich die Hände an seiner Schürze ab, die aus einem alten Sack bestand, was ihnen jedoch nicht den ekelerregenden Geruch nahm. Er betrachtete Georget zärtlich. Im Garten zwischen den bereits kahlen Ästen leuchteten einige goldene, runde Khakis. Er gab dem Jungen eine davon. Seufzend musterte er ihn nochmals, setzte sich und zog ihn zwischen seine Knie. Vater Meluns Gebaren war das gleiche, wie das der Leute, die Georget umarmten, als Thérèse gerade vom Tod des Hauptmanns erfahren hatte. In den Augen des Alten las Georget, dass ihm ein großes Unglück widerfahren war. Er senkte den Blick.

Der Mann war nicht boshaft, wenn man einmal von religiösen und politischen Belangen absah, allerdings war sein Verstand ungemein hungrig und neugierig, obwohl er seinen Körper schlecht ernährte und häufiger fastete, als der Kalender vorschrieb. Sicher war Madame Gardet bei ihm vorbeigekommen. Er konnte Thérèse Delombre, die nie zur Messe ging, nicht ausstehen. Georget war der beste Schüler im Katechismusunterricht und sein Glaube war stark. Aus all diesen Gründen meinte er, dem Kind zeigen zu müssen, dass er es sehr gern hatte.

Durch das Studium zur Vorbereitung auf die Priesterweihe und den Umgang mit den frommen alten Frauen war ihm das *Unterschwellige* zur Gewohnheit geworden: Worte, die scheinbar unabsichtlich verletzten, das Abringen von Geständnissen, bevor der Gesprächspartner Zeit hat, seine Meinung zu ändern.

»Was hast du mir heute Morgen zu erzählen, Georget?«

»Nichts.«

»Nichts? Das ist nicht gerade viel. Du siehst aus, als hättest du heute geweint. Was hast du? Ich wette, dass du Mama wütend gemacht hast und dass sie dich geschlagen hat?«

»Meine Mutter schlägt mich nie, selbst wenn sie wütend auf mich ist.«

»Du hast deine Mutter gern, nicht wahr?«

Aber da kamen drei andere Buben herein und die Unterhaltung brach ab, zur großen Erleichterung des Kindes, das nicht gern mit Vater Melun allein war, weil der Mann, immer wenn er etwas sagte, so aussah, als dächte er etwas anderes und einem mit seinen kleinen Augen bohrend ins Gesicht blickte.

Der Junge *suchte*. Alles, was er sah, alles was er hörte, lief auf etwas hinaus, von dem sein Herz ahnte, dass es äußerst schmerzlich sein würde. Er fühlte sich von seiner Mutter im Stich gelassen, schutzlos. Nachdem Vater Melun den Katechismus abgefragt hatte, erklärte er die Lektion, die sie für den nächsten Tag lernen mussten, und hielt eine Art kleine Predigt. Er sprach von den Toten, sagte, man dürfe sie niemals vergessen und müsse all ihre Wünsche achten. Zwischen den alten, verstaubten Gegenständen sah er aus wie ein Held von E. T. A. Hoffmann mit erhobenem Zeigefinger.

… Die vier Wände des Hauses drifteten auseinander, als trieben sie im Wasser. Das Flaschenschiff sprengte seine Flasche und stürzte auf den Boden. Das Porträt des Herzogs von Orléans schob sich sanft vor Georgets Gesicht und langsam … ganz langsam, während in seinen Ohren alle Uhren der Welt mit einem entsetzlichen Getöse Mittag schlugen, fiel Georget kopfüber auf das Parkett. Die anderen Kinder schwiegen …

Nach einem ersten Moment der Verblüffung legte Vater Melun den Jungen auf den Tisch und holte zitternd eine Flasche Zuckerlikör aus dem Küchenschrank. Die Flasche hatte die Form von Ludwig XVI. und sein Kopf zierte den Korken. Vater Melun benetzte die Lippen des Kindes. Er verhielt sich wie ein alter Schauspieler. Seine Gesten waren kunstvoll und harmonisch, als wären sie für hunderte von Zuschauern bestimmt. In der Angst, wenn man versucht, jemanden wiederzubeleben, liegt immer auch ein wenig Freude. Das Kind öffnete die Augen. Die anderen Buben beobachteten diese Wiedergeburt neugierig. Bei ihnen fiel selten jemand in Ohnmacht. Der Alte begleitete Georget nach Hause und erklärte seiner Mutter, was passiert war. Als er auf dem Hohlweg zurückging, traf er Madame Gardet, und durch die Hecke drang eine gehässige Stimme: »Sie quält ihn, Vater Melun, da bin ich mir ganz sicher. Es ist eine Schande.«

XVIII

Die Geschichte verbreitete sich im Dorf. Man führte alles, was Thérèse tat, auf ihr Verhältnis mit dem Deutschen zurück. Warum sonst lud sie die Damen Gardet seltener ein, die Abendstunden bei ihr zu verbringen? Obwohl sie den Deutschen damals noch gar nicht kannte, erklärte man sich so, warum sie das einäugige Mädchen fortgeschickt hatte: Sie hätte die beiden verraten können. Allmählich wandte sich die Region gegen Thérèse. Die Leute konnten nichts tun, aber sie bedauerten das Kind, weil es mit einer solchen Mutter zusammenleben musste. Durch dieses Mitleid gewann das Dorf allmählich einen Verbündeten in der Höhle des Löwen – auch wenn dieser nichts davon ahnte. In diesem Haus konnten nur abscheuliche Dinge geschehen! Hatte denn nicht ein Mann, der von der Front ein wenig Deutsch konnte, gehört, wie einer der drei Gefangenen mit einem grässlichen Lachen, das seine Narbe auf der Wange aufklaffen ließ wie einen zweiten Mund, Otto auf die Schulter geklopft und dabei gesagt hatte: »Ich würde dir gern den Bengel abkaufen!«

Wenn jemand diese Worte wiederholte – und wie oft

hörte man sie! – zogen die Frauen die Köpfe ein. Thérèse Delombre traf Madame Gardet bei der Post, als sie dem Kriegspaten einer ihrer Töchter, einem Gefangenen in Deutschland, ein Paket mit Leckereien schickte.

»Ach, meine Teure. Was die armen Jungen bei diesen Wilden erleiden müssen! Zwar schreibt er uns, dass es ihm sehr gut geht, andernfalls würde der Brief nicht bei uns ankommen, aber man kann doch zwischen den Zeilen lesen, nicht wahr? Ach, wie furchtbar das doch ist! Wann wird das alles bloß enden?«

Thérèse verstand keine der Anspielungen, mit denen diese Sätze gespickt waren. Sie ahnte von alldem nichts. Nur vor den letzten Worten wurde ihr Angst und Bang: »Wann wird das alles bloß enden?« Daran wollte sie nicht denken.

»Was habe ich neulich gehört? Dass Ihrem kleinen Jungen schlecht geworden ist? Ich hoffe, es ist nichts Ernstes. Er ist so empfindlich. Geben Sie ihm doch *Ovomaltine.* Ja, in seinem Alter …«

Das Weib wollte Thérèse zeigen, dass es alles wusste, aber letztere war taub und blind.

»Kommen Sie doch demnächst auf einen Abendkaffee bei mir vorbei«, sagte sie.

Madame Gardet gab vor, ihre Älteste sei ein wenig erschöpft, die Wege seien in schlechtem Zustand …

Im Gemischtwarenladen rückten die Dorffrauen von

Thérèse ab, und rein zufällig war kein Stück Kabeljau mehr für sie übrig. Die Region stellte sie unter Quarantäne.

*

Auf dem Dachboden fand das Kind zwischen Ausgaben von *Le Magasin Pittoresque* ein sehr altes, verschimmeltes und auseinanderfallendes Buch, das zur Hälfte von Ratten zernagt und fast unlesbar war. Alle s darin sahen aus wie f. Es wirkte, als hätte man einen Sprachfehler, wenn man es laut las: *Die Kunft Jungen zu zeugen.*

In diesem Werk eines freisinnigen Arztes aus dem 17. Jahrhundert erfuhr der Bub mit glühenden Wangen von der Liebe. Zunächst erschien es ihm unmöglich, dass man so etwas tun konnte, dann abscheulich. Wie konnten ein Mann und eine Frau sich darauf einlassen, solche Positionen einzunehmen (das Buch war mit zweiunddreißig Gravuren geschmückt), und dennoch … sah man Frauen mit dickem Bauch ins Gesicht, ohne zu erröten. Es war der einzige Weg, Kinder zu zeugen. Hatten sein Vater und seine Mutter das getan, um ihn zu bekommen? Und jetzt seine Mutter und … vor seinen Augen schoss ein weißer Blitz vorbei wie ein großer Vogel. Und wenn seine Mutter das tut, dann kann sie … Der große Vogel schoss wieder an ihm vorüber, diesmal andersherum. Erlaubt Gott das ohne Ehe? Und denkt der Pfarrer daran, dass die

Leute es tun werden, wenn er eine Hochzeit zelebriert? Er wusste, was ein Bastard war. Die Tochter von Janet hatte ein Kind bekommen, ohne verheiratet zu sein: Wenn man von ihr sprach, senkte man die Stimme; wie einst die Leprakranken, von denen sein Lesebuch berichtete, war sie stets von einer Art Luft umgeben, der sich anständige Frauen – zum Beispiel seine Mutter – nicht aussetzten.

Bei der Vorstellung, dass seine Mutter ein Kind bekommen könnte, wollte er sich am liebsten aus dem Fenster stürzen. Ein fahles Tageslicht erfüllte den Dachboden und umriss schemenhaft die Kisten und alten Möbel. Sie fragten sich wohl, was für eine schöne reglose Gestalt sich da zu ihnen gesellt hatte und was an ihr kaputt war, da man sie unten im Haus offenbar nicht mehr wollte. Ja, er war gebrochen, taugte nicht zum Leben. Seine Mutter versündigte sich also vor seinen Augen gegen Gott und vergaß ihren Ehemann, ohne sich darum zu scheren, dass es ihn gab. Und dafür ist sein Vater gestorben, dafür ist er selbst zum »Mündel der Nation« geworden. Adoptiert vom französischen Volk. Er verging vor Scham. Er liebte seine Mutter nicht mehr. Stellte sich vor, sie wäre tot, und dass er nach England aufbrechen würde, zu dieser Tante, die ihn liebte und die eine Freundin Gottes war …

XIX

Der Mann kam jeden Abend wieder. Das Kind blieb im Haus und las, es hörte, wie sich die Frau leise mit ihrem Liebhaber – nun kannte es die Bedeutung dieses Wortes – unterhielt. Georget war nach diesen Abenden leichenblass, hatte große violette Ringe unter den Augen. Seine Mutter glaubte, es sei wieder seine *schlechte Angewohnheit* und sah ihm beim Dahinschwinden zu, ohne sich weiter zu beunruhigen. Sie wollte nicht mehr, dass er stundenlang allein blieb. Es tat ihm nicht gut, so wurde Georget seines einzigen Vergnügens beraubt. Da keimte ein wenig Hass in seinem Herzen auf. Er schmollte. Er hatte ihr nie gezeigt, dass er wusste, welche Art Liebe sie mit Otto verband. Im Übrigen hätte sie die deutlichsten Signale nicht verstanden. Er zeigte ihr, dass er sehr verärgert darüber war, nicht mehr auf den Dachboden gehen zu dürfen: »Warum fühlst du dich bloß zwischen diesen alten Dingen so wohl? Außerdem könntest du dich dort erkälten. Ich frage mich, was du dort oben überhaupt treibst.«

Das Kind konnte nicht anders, als zu erröten, und die Mutter glaubte, sie hätte ins Schwarze getroffen.

Am gleichen Abend, nachdem ein klappernder Fensterladen sie plötzlich aufgeweckt hatte, hörte sie ein leises rhythmisches Geräusch im Bett des Kindes. Am nächsten Tag zwang sie Georget, in ihrem Bett zu schlafen, nannte aber keinen Grund für diese Entscheidung. Georget konnte nun den Tag nicht mehr beschließen, indem er schluchzte bis er Schluckauf bekam, wie er es jeden Abend zu tun pflegte. Die Abneigung, die er gegen seine Mutter hegte, verstärkte sich.

Die verschlagene Miene, die ihm seit einiger Zeit zu eigen war, begann Thérèse zu ärgern. Sie fragte sich nicht, was der Grund dafür war. Sie fand, er habe das Wesen seines Vaters geerbt, starrköpfig und unzugänglich. Hauptmann Delombre war nicht starrköpfiger oder verschlossener gewesen als andere, aber sie erinnerte sich an einige Situationen, an denen er ihr gegenüber unleidlich gewesen war und … nun, da sie eine Erklärung für Georgets schlechten Charakter gefunden hatte, machte sie sich keine Gedanken mehr darüber.

Ihr Bedürfnis, nach Gründen für die feindselige Stille ihres Sohnes zu suchen, war ein Zeichen, dass sie diese allmählich bemerkte, sich aber, blind, wie alle verliebten Frauen, weigerte, die wahre Ursache für seine unglückliche Miene zu verstehen. Aus Stolz wollte der Junge nicht, dass die Mutter den Groll, den er ihr gegenüber hegte, bemerkte. Der Unterricht des alten Melun begann Früchte zu tragen. Nun erblühte in ihm die ganze Liebe, zu der er fähig war, jene Liebe, die seine irregeleitete Mutter in den ersten Monaten ihrer beider Einsamkeit auf so schreckliche Weise gehegt hatte.

*

Es war endlich Herbst geworden, und die herabfallenden Blätter hatten große Sehnsüchte in diesem kleinen, bereits von Schmerz aufgewühlten Leib gesät. Der Junge lief in dem stillen Haus umher, setzte sich auf die kalten Treppenstufen, irrte durchs Wohnzimmer, das nun, da der Winterregen nahte, nach Schimmel zu riechen begann. Er rieb seine Hände heftig gegeneinander, was sie einen Verwesungsgeruch annehmen ließ. Er dachte an den Tod. Obwohl die Abende sehr kühl waren, kam der Mann noch immer. Dort oben im Norden schritt der Krieg voran, und die beiden dachten daran, dass irgendwann der Abend kommen würde, an dem sie sich für lange Zeit trennen mussten … Thérèse wollte, dass Otto bis zur letzten Minute ihr gehörte. Wer würde ihn dann ersetzen? Nicht die endgültige Trennung von dem geliebten Menschen fürchtete sie, sondern, dass sie keinen Mann mehr bei sich haben würde. Sie blickte in die Zukunft. Was würde sie bringen? Thérèse erinnerte sich an die ersten Kriegsmonate, in denen sie so unter dem Alleinsein gelitten hatte; an die qualvollen und langen Nächte, jene unerträglichen Stunden, in denen sie ihren brennenden Körper an den Marmor der Kommode und an den Spiegelschrank presste, die sofort ihre Körpertemperatur annahmen.

Nach der Liebe, wenn den Lippen die größten Geheimnisse entschlüpfen, als könne das schutzlose Fleisch sie nicht länger zurückhalten, legte sie manchmal ihre Wange an die des jungen Mannes und murmelte: »Sag, du wirst wiederkommen, nicht wahr? Nach dem Krieg, wenn unsere beiden Länder versöhnt sind, müssen wir an einen Ort ziehen, wo mich keiner kennt. In deiner Heimat …«

Der junge Mann gab keine Antwort, dachte aber, dass sie in einigen Jahren ein Wrack sein würde. Er spürte, wie sie in seinen Armen zerfiel. Er wusste, dass die unvergleichliche Lust, die er in den Armen der Frau empfand, einem Feuer glich, das noch einmal heftig auflodert, bevor die Flammen erlöschen. Es bereitete ihm Vergnügen, dieses Feuer zu löschen, zu wissen, dass er der letzte Mann war, den diese Frau lieben würde. Er war jung und wusste nicht viel darüber, wie sich das Leben außerhalb von Liebesromanen abspielt. In ein oder zwei Monaten würde er fortmüssen. Um die Frau nicht allzu unglücklich zu machen, beabsichtigte er, sich langsam von ihr zu lösen. Aus Mitleid wollte er ihr die Trennung erleichtern, die, wie er ahnte, sehr hart werden würde.

Er empfand für sie das herablassende Mitleid, das junge Leute für die Alten verspüren, die sein wollen wie sie. Die Frau war von diesen paar Monaten der Liebe mitgenommen; eigentlich nur wenig, aber in den Augen des jungen Mannes umso mehr. Otto erahnte außerdem die Gefühle, die Georget ihm gegenüber hegte, fand sie beeindruckend und achtete sie sehr. Dieses Kind, das all seinen Annäherungsversuchen widerstand und ohne ein Wort zu sagen, in der Küche darauf wartete, dass seine Mutter endlich zurückkam, erschien ihm jeder Bewunderung wert. Er fragte sich, wie er selbst reagiert hätte, wenn seine Mutter in Kriegszeiten das Gleiche getan hätte wie Thérèse. Er war jung und ritterlich. Die Frau verachtete er manchmal, aber vor dem Kind senkte er stets den Blick.

»Sag, glaubst du, dass der Kleine etwas ahnt?«, fragte sie ihn gelegentlich.

Otto zuckte mit den Schultern: »Ich kann mir nicht vorstellen, dass er weiß, was Liebe ist.«

Er selbst glaubte kein Wort davon, aber Thérèse, die nur beschwichtigt werden wollte, war beruhigt.

XX

Das Dorf mochte die Deutschen nicht mehr. Die Welle der Sympathie, die sie am Anfang ihrer Gefangenschaft ausgelöst hatten, ebbte langsam ab. Sie merkten es selbst und mieden nun das Café. Sie gingen schnell zum Kiosk, ohne mit dem jungen Mädchen zu scherzen, das sie bediente, und kehrten zu La Nesquière zurück, ohne auf dem Weg mit den Bauern zu sprechen, wie sie es anfangs zu tun pflegten. Die Dorfkinder, die sie anfangs umringt hatten, um deutsche Briefmarken oder Münzen zu bekommen, liefen fort, wenn sie sich näherten. Die drei Männer fanden das nur natürlich, es war die anfängliche Haltung der Leute aus der Gegend gewesen, die sie erstaunt hatte.

An diesem Sonntag war jedoch alles um sie herum so langweilig, dass sie gezwungen waren, ins Dorf zu kommen. Der Müßiggang bedrückte sie. Die Welt nahm ohne sie ihren Lauf. Sie wussten nicht, wie es um den Krieg stand. Die ganze Nacht lang und an einem Teil des Vormittags hatte es geregnet. Einer jener Herbstregen im Comtat, die trauriger sind als jeder andere Regen Frankreichs. Die Wege standen voller Wasser. Die Zypressen, die über die Höfe wachten, ragten einsam aus dem Nebel. Eine unendliche Melancholie lastete auf dem Dorf, sodass die Deutschen das Getümmel der Schützengräben vermissten, den Zauber der nächtlichen Explosionen … Auf Wegen so tief wie Bäche waren sie zum Café gekommen, und nun befanden sie sich in dem großen Schuppen, der als Ballsaal diente. Mitten im Raum brannte ein Feuer in einem runden Ofen. An der Decke hingen vor Staub weiße Papiergirlanden. Vor dem Ofen saßen junge Leute, und hin und wieder stand einer von ihnen auf, um das Pianola anzukurbeln, das mehr schlecht als recht *Polkas und Masurkas* zum Besten gab.

In einer Ecke saßen dicht beieinander, unter ihren großen grauen Mänteln, die nach nassem Hund rochen: die drei Boches. Die jungen Leute unterhielten sich leise. Die Deutschen wussten nicht, worüber sie sprechen sollten. Ihre Gliedmaßen wärmten sich aneinander auf. Sie spürten das Leben der anderen, und es war, als führten ihre Muskeln durch den Stoff hindurch ein Gespräch miteinander. In ihnen breiteten sich Gedanken aus und wurden durch ihre Berührungspunkte weitergegeben. Diese Gedanken waren nicht heiter. Ach! Wäre all das doch endlich vorüber! Sie ahnten, dass ihr Heimatland nicht standhalten würde. Sie waren resigniert. Die bevorstehende Niederlage ließ sie erschaudern, aber sie wollten lieber elend zurückkehren, sie wollten lieber hart arbeiten, als diesen eintönigen und langweiligen Müßiggang zu ertragen.

Die jungen Leute warfen den Deutschen hin und wieder verstohlene Blicke zu. Zusammengekauert, mit den Ellenbogen auf den Knien und dem Gesicht zum Ofen, wärmten die Jugendlichen sich auf. Sie schienen sich auf Provenzalisch abzusprechen und rückten dann ihre Stühle zur Seite und riefen die Deutschen, damit sie sich zu ihnen setzten. *Marie vom Café*, eine dicke blonde Frau, die trank und sich Rum ins Haar schüttete – um es zu stärken, wie sie sagte, aber eigentlich, damit man den Geruch, der von ihrem Mund ausging, ihrem Schopf zuschrieb –, lief zwischen den Jugendlichen hin und her.

Derjenige, der die Deutschen gerufen hatte, war ein Bursche von sechzehn oder siebzehn Jahren, der einen prächtigen Körper hatte – man spürte, wie sich unter seinen Kleidern die Muskeln bewegten wie geschmeidige Tiere –, während sein Gesicht von den Spuren des Flegelalters entstellt war. Seine vollen, immerzu feuchten Lippen schienen nach einer Frau zu verlangen. Seine Stimme war heiser, ein wenig unverschämt. Er gehörte zu den jungen Leuten, die gern mit älteren Männern reden, um von ihnen obszöne Dinge zu hören, und wurde von Gleichaltrigen sehr bewundert, weil er jedes Mal schweinische Gesten machte, wenn er mit ihnen zusammentraf; weil er es wagte, vor den Nonnen, welche die Kinder der freien Schule zur Messe brachten, unanständige Dinge zu sagen. Wenn er die Weiber mit den kleinen Mädchen auf dem Rückweg vom Badehaus traf, rief er jedem beliebigen vorbeilaufenden Mann lauthals zu: »Jetzt kannst du! Sie sind sauber …«, woraufhin die Schwestern erröteten und Unruhe in den Reihen aufkam. Er brachte den anderen das Tanzen bei und lachte sich schief, wenn seine Gesten sie aus der Fassung brachten. Er hatte – wie alle anderen auch – von Thérèse Delombres und Ottos Verhältnis gehört und suchte die Nähe dieses Mannes. Seine Lust, die Leute, die Liebe machten, zu *beschnüffeln*, wie er sagte, war stärker als alles andere. Er hatte den leicht lispelnden Akzent, mit dem die Leute aus dem Comtat Französisch sprechen und der nichts mit jenem Akzent gemein hat, mit dem man sie in Büchern oder Theaterstücken darstellt.

»Na? … Ihr langweilt euch wohl hier.«

Die Deutschen antworteten in drei Teilen:

»Oh ja!«

»Aber was können wir schon tun?«

»Wenn wir wenigstens wüssten, wann es zu Ende ist!«

Eine Stille unter Männern. Am Rand dieser Stille das Pianola, wie ein Orkan. Ringsum das Prasseln des Regens, der wieder eingesetzt hat.

»Was euch am meisten fehlt, sind bestimmt die Frauen.«

Der Lockenkopf – so nennt man den Burschen – hat gesagt, was er sagen wollte. Er fühlt sich befriedigt, erleichtert, glücklich – wie nach der Liebe, denkt er sich. Er wartet. Die Männer lächeln, aber geben keine Antwort. Sie gestikulieren vage. Ein Auge des Jungen ist violett, das Augenlid darüber ist geschwollen, fast grün. Oswald – der mit der hässlichen Verletzung an der Wange – betrachtet ihn voller Zärtlichkeit, als plötzlich die Tür aufgeht und eine Bande Kinder auf der Flucht vor dem Regen in den Schuppen stürmt. Sie sind auf dem Rückweg von der Vesper, unter ihnen ist auch Georges Delombre. Die Männer treten vom Ofen zurück, damit die Kinder sich aufwärmen können, und der Lockenkopf bringt sie mit Schimpfwörtern zum Lachen. Otto grüßt Georget freundlich, der scheint ihn nicht zu erkennen. Der Lockenkopf krümmt sich vor Lachen und sagt auf Provenzalisch zu seinen Kameraden: »Schaut euch das an. Das haben sie ihm gut beigebracht.«

Im Lärm des Pianolas, das den Walzer der *Lustigen Witwe* in ein barbarisches Lied verwandelt, hat Georget nichts von diesen Worten mitbekommen, aber Otto versteht Provenzalisch. Er hat verstanden. Schon seit langem dachte er, dass die Gegend von seiner Liebschaft wissen musste. Nun hat er den Beweis, dass das ganze Dorf über sein Verhältnis mit Thérèse spricht. Er schämt sich. Ach! In dieser Scham liegt vielleicht auch ein wenig Überdruss. Wenn er Thérèse wirklich liebte, würde er in diesem Augenblick nicht daran denken, sie zu verlassen, um die Leute zum Schweigen zu bringen. Dann wüsste er, dass es kaum eine Rolle spielt, ob man sich trennt oder nicht, wenn der Schaden einmal angerichtet ist.

Draußen regnet es noch immer. Im Raum sieht man nichts mehr. Das Pianola hat aufgehört zu spielen. In der Mitte glüht rot der Ofen. Die Hitze ist fast drückend und tut gut, eine Wolke aus Wasserdampf, der aus den feuchten Kleidern steigt, umhüllt die Gestalten. Zwei oder drei Frauen aus dem Dorf haben ihre Kinder abgeholt. Georget ist mit einer von ihnen nach Hause gegangen. Es bleiben nur noch die vier Jugendlichen und die drei Deutschen, die ihnen Getränke ausgeben. Sie können sich im Dunkeln nur undeutlich sehen. Man hört, wie Friedrich mit der Gerte auf seine Stiefel klopft, wie Oswald dem Lockenkopf unanständige Dinge ins Ohr flüstert.

Marie schenkte Grog aus, welchen die Deutschen bezahlten, und nach und nach sanken die Jungen in eine ruhige Trunkenheit …

*

Als Marie eine Lampe in den Schuppen brachte, war die Flasche Rum leer, ein Zwanzig-Franc-Schein lag auf dem Tisch; die Deutschen waren aufgebrochen, Oswald hatte den Lockenkopf mitgenommen. Die drei anderen Jungs … stockbetrunken …

XXI

An jenem Abend erwiderte Otto Thérèses stürmische Küsse kühl. Er hatte den Hof in der Absicht verlassen, mit Thérèse zu brechen, ihrem Spiel, das ihr in Zukunft nur Unglück bringen konnte, ein Ende zu setzen, und seine Entschlossenheit festigte sich umso mehr je weiter er lief. Der Rhythmus seiner Schritte, die Einsamkeit, die Kälte regten seine Gedanken an. Er brauchte Thérèse nicht mehr, und je mehr sein Begehren nachließ und, um die Wahrheit zu sagen, ganz erlosch, umso klarer traten in seinem Geist die Gründe für eine Trennung hervor. Vor allem, weil er dabei nichts zu verlieren hatte. Er gaukelte sich selbst die Rolle eines Mannes vor, der seine Leidenschaften um der Vernunft willen aufgibt, und in seinem Alter stand ihm das gewiss gut zu Gesicht. Außerdem wurde es nachts schon kühl, sie würden sich bald nicht mehr in der Laube treffen können, und der Gedanke, das Haus zu betreten, dem Kind gegenüberzustehen, war ihm unerträglich.

Die beiden saßen zusammen unter dem kahlen Hopfen. Er wusste nicht, wie er anfangen sollte.

Wenn er sie mit seinen Worten betören wollte, gab er kokett vor, nach einem Begriff zu suchen, und dann trieben zwei oder drei unverständliche Wörter in seinem Satz, die für die Frau die gleiche Wirkung hatten wie Küsse. Heute tat er es nicht mit Absicht, aber dennoch wollte es ihm nicht gelingen, seine Gedanken zum Ausdruck zu bringen. Obwohl er doch wusste, was er sagen wollte …!

Thérèse begriff, dass im Herzen ihres Liebhabers etwas vor sich ging. Sie konnte ihn nicht sehen, aber es war ihr zur Gewohnheit geworden, seine Position im Dunkeln zu erkennen, indem sie ihn am Handgelenk oder am Knie berührte. An seiner gedämpften Stimme erriet sie, dass er mit gesenktem Kopf sprach. Sie sagte ihm etwas ins Ohr, und ihre Stimme klang so markerschütternd, dass Otto sie bat, leiser zu reden. Es kam ihm so vor, als ob ihre Worte von allen Hügeln widerhallen und alle Schlafenden aufwecken könnten.

»Gehst du fort? Wirst du fortgehen?«

»Nein.«

»Aber was hast du? Liebst du mich nicht mehr?«

Er antwortete, er liebe sie mehr denn je, aber sie müsse ihm jetzt für einen Moment still zuhören.

»Sie verstehen«, (er sagte *Sie*, als wäre die Trennung schon vollzogen und vielleicht auch, um sich selbst Mut zuzusprechen, um sie zu einer Fremden zu machen), »Sie verstehen – wir werden uns bald trennen müssen. Dann werde ich gezwungen sein, zu gehen, und Sie werden allein hierbleiben. Ich möchte nicht, dass jemand erfährt, was wir tun, damit man Sie in der Gegend nicht verachtet. Sie wissen, wie die Leute vom Dorf sind. Was würde aus Ihnen werden, wenn ich fort bin und all Ihre Freundinnen Sie im Stich lassen?«

»Aber mein Liebster, was soll ohne dich aus mir werden? Die Erinnerung an dich bedeutet mir mehr als …«

»Ja, aber wenn Sie mich vergessen haben – denn das wird geschehen, meine Liebe –, wenn Ihnen nichts von mir bleibt als der Hass ihrer Heimatgegend und vielleicht die Verachtung ihres Sohnes?«

»Mein Schatz, wer soll denn hier wissen, dass ich Sie liebe?«

Otto schwieg angesichts so großer Naivität.

»Sie wissen genauso gut wie ich, dass nichts lange verborgen bleibt.«

Ein eisiger Schauer lief der Frau über den Rücken: »Hast du etwa jemanden darüber sprechen hören?«

Der Mann verneinte, sagte aber, er wolle sie nicht der Dummheit der Leute aus der Gegend aussetzen, wenn er nicht mehr da sei. Bei dem Gedanken, dass sie bald ihren Liebhaber aufgeben musste, fing die Frau an zu weinen.

»Du liebst mich nicht mehr! Du liebst mich nicht mehr!«, rief sie.

Das war nicht der Grund für ihr Leid, aber wie alle

verliebten Frauen, die etwas anderes als reine Liebe empfinden, führte sie alles auf die Liebe zurück. Aus Überforderung wählte sie schnell die einfachste Lösung. Er versuchte, sie zu trösten, ihr verständlich zu machen, dass er sie mehr denn je liebe, aber das Schicksal sie bald trennen würde; dass es besser sei, dem Schicksal zuvorzukommen. Gewiss liebte er sie in diesem Augenblick. Er konnte nicht anders, als von so großem Schmerz gerührt zu sein. Er sah sich als Held einer großen Theaterbühne, und seine Ergriffenheit steigerte sich. Er nahm die Hände der Frau und spielte die Szene mit seiner schönen metallenen Stimme weiter. Beide berauschten sich an ihrer Rolle. Aus der vierzigjährigen Frau wurde ein bebendes kleines Mädchen. Die Tränen flossen ihr in die Nase, rollten über ihre Wangen, die mit voranschreitendem Alter allmählich von geplatzten Äderchen überzogen wurden. Der Mann wiegte sie in seinen Armen. Sie küssten sich nicht. Sanft, mit zusammengebissenen Zähnen lösten sie alle Bande, wie man Schnürsenkel löst. Er hatte in Romanen gelernt, was man zu einer Frau sagen muss, wenn man sie verlässt. Man hörte lange ein Flüstern in der Nacht und gelegentlich das abrupte Luftholen der Frau, die mit den Tränen kämpfte. Manchmal auch das weiche Geräusch eines Goldfischs, der im Teich aus dem Wasser sprang.

*

Sie gaben sich die Hand. Warum sollten sie sich einen letzten Kuss geben, wenn ihm doch kein weiterer folgen durfte? Ist es nicht genau das Gefühl der Unerschöpflichkeit, des *niemals Endenden*, welches das Wesen der Liebe ausmacht?

Georget hörte die Schritte des Mannes, die sich entfernten, klappte sein Buch zu und wartete darauf, dass seine Mutter ins Haus kam. Im Garten rührte sich nichts. Die Mutter kam nicht. Er schlief am Tisch ein.

Als er aufwachte, wurde das Licht der Lampe neben ihm schwächer, und da der Ofen ausgegangen war, kroch die feuchte Kälte der Nacht ins Zimmer. Die Tür war noch offen, führte in den Schatten hinaus. Der aufziehende Mistral pfiff unter den Türen hindurch und ließ im Garten kleine Äste knacken. Drinnen war die Stille undurchdringlich. Der Junge bekam Angst, sprang auf.

»Mam? Mam? Wo bist du?«

Niemand gab Antwort. Seine Kehle war wie zugeschnürt.

»Mam?«

Binnen einer Sekunde gingen ihm die unwahrscheinlichsten Vermutungen durch den Kopf. Vielleicht war sie mit dem Deutschen fortgegangen. Hatte ihn verlassen. Er trat auf die Türschwelle hinaus, rief weiter nach ihr. Die Nacht war schwarz. Niemand gab Antwort. Da nahm er die Lampe, das Glas mit seiner durchscheinenden Hand schützend, und begann, den Garten abzusuchen. Das Glas bekam in der kalten Luft einen Sprung. Das Licht war schwach. Endlich erblickte er in der Laube seine Mutter, in einem großen, schwarzen Umhang der Länge nach auf dem Kies ausgestreckt. Ihm wich das Blut aus allen Gliedern. Es war, als hinge er mit der Hand an der Lampe, die er hochhielt, als würde er in Ohnmacht fallen, während das Licht über ihm in der schwarzen Luft hängen blieb wie ein vertrauter Stern, der all dies Elend beleuchten musste. Seine Hand klebte am Kupfer, und das war das Einzige, das ihn vor dem Zusammenbruch bewahrte. Mit äußerster Anstrengung senkte er die Lampe herab. Er beugte sich über seine Mutter und fragte mit so leiser, sanfter, gleichmäßiger Stimme, als wollte er ihren Klang behutsam in ihre schwache Atmung einfügen: »Mam? Was hast du?«

Sie antwortete nicht. Da dachte das Kind, der Mann habe sie vielleicht getötet. Sie habe sich vergiftet …

Mit vor Schreck gelähmter Zunge fragte er sie noch einmal: »Mam? Mam, hörst du mich …?«

»Ach, lass mich! Ich will sterben.«

Er umarmte sie. Sie war nicht tot.

»Du wirst dich erkälten. Komm, steh auf.«

Die Frau klapperte mit den Zähnen. Aber sie bewegte sich ein wenig. Er wartete einige Minuten, die er abmaß, in dem er die Pulsschläge in seinen Schläfen zählte. Sie war benommen und willenlos. Dennoch versuchte sie schließlich aufzustehen. Das Kind half ihr. Ach, was war dieser Körper schwer! Sie stützte sich auf ihn und ging, bei jedem Stein strauchelnd, in die Küche. Sie sah aus wie eine arme, halbverhungerte Bettlerin. Sie setzte sich in den großen Sessel, der hinter dem Ofen stand. Das Kind zündete den Spirituskocher an und setzte in einem kleinen Topf Wasser für Lindenblütentee auf. Die Frau war bleich. Sie sagte kein Wort. In dichtem Nebel konnte sie undeutlich zwei Lichter erkennen, ein rotes, das Licht der Lampe, und das blaue der Flamme des Kochers. Alles verschwamm in zähem Nebel. Zwischen den beiden Signalen fuhr ein schwarzer Zug, das war Georget. Bald machte das kochende Wasser einen schrecklichen Lärm, wie die großen Expresszüge, die nachts durch die Bahnhöfe rasen. Thérèse saß auf einer Bank und die Schienen, die aussahen wie die Rillen am Rand eines runden Tischs, verloren sich in der Nacht. All diese Feuer, all diese Signale übersäten die Dunkelheit mit Sternen. Der Hauch des Mistrals brachte den Boden zum Beben. Eine kleine dampfende Tasse reiste lange inmitten des Getöses umher und erreichte dann ihre Lippen wie ein anderes Paar warme Lippen. Ein brennend heißer, süßer Kuss ließ die Eiswürfel in ihrem Kopf schmelzen und glitt wie eine Schlange aus Feuer in sie hinein und rollte sich schließlich in ihrem Bauch zusammen.

Das Kind stand neben ihr. Sie war hässlich und alt. Es war ihr gelungen, die Tasse zu nehmen, aber ihre Hand zitterte und der Tee tropfte auf ihre Schenkel. Als sie die Hitze spürte, bewegte sie die Beine und machte eine Geste, als wollte sie dort eine Hand verscheuchen.

Allmählich ließ der Lärm in ihrem Kopf nach. Die Nebelschwaden verzogen sich. Sie erkannte die vertrauten, reglosen Gegenstände ringsum und ihren Sohn, der am Tisch stand und mechanisch mit einem Teelöffel spielte. Sie hielt ihm die leere Tasse hin, und es gelang ihr, »Danke« zu sagen. Voller Dankbarkeit sah sie zu Georget auf. Das Kind wagte es nicht, zu fragen, warum sie ohnmächtig geworden war, aber war sie überhaupt noch von dieser Welt? Ihre Augen waren leer. Sie hatte den Blick einer unglücklichen Hündin, der man erlaubt, sich aufzuwärmen und der man zu trinken gibt. Ein Blick, der dem Jungen unangenehm war.

Er stieg auf einen Stuhl und nahm eine Flasche Branntwein aus dem obersten Fach des Küchenschranks. Er schenkte ein großes Glas ein, und die Frau trank es in einem Zug leer und stieß dabei einen leisen Schrei aus, als verbrenne der Likör sie, während er in ihre Brust drang.

»Was hattest du?«

»Nichts, nichts. Lass mich. Wenn du älter bist. Dann sage ich es dir. Du wirst es erfahren …«

Sie ließ sich schwer atmend gegen die Sessellehne

sinken. Er half ihr ins Schlafzimmer hinauf. Sie legte sich ganz angezogen aufs Bett. Georget deckte sie mit dem Laken und dem Federbett zu, und als er sich dabei über ihr Gesicht beugte, legte sie ihre kalte Hand auf seinen Nacken und zog ihn an sich. Sie küsste ihn heftig auf die Stirn und sagte: »Otto. Du weißt schon, Otto«, (als ob das Kind den Deutschen nicht gekannt hätte!). »Nun, wir werden ihn nicht wiedersehen, nie … nie wieder …«

Als die Morgendämmerung an die Fensterläden klopfte, lag Georget noch immer mit weit aufgerissenen Augen da, und Thérèse schlief tief und fest, wie ein erschlagenes Tier.

XXII

Am nächsten Morgen erwähnten die beiden dieses Erlebnis mit keiner Silbe. Es war ihnen so nahegegangen, dass das geringste Wort die Wunde wieder aufgerissen hätte. Auch wussten sie nicht, wie sie darüber sprechen sollten.

In den folgenden Tagen erfüllte ein tiefer Friede die Seele des Jungen. Sobald das Abendessen beendet war, gingen die beiden ins Schlafzimmer hinauf, als müssten sie sich von den langen Nächten erholen, die er wartend und sie liebend zugebracht hatte. Georget vergaß alles. Er war glücklich. An dem Abend, an dem Otto zum letzten Mal gekommen war, hatte der Junge seine Mutter allzu unglücklich erlebt. Und so hatte dieser Abend in seinen Augen jeden seiner unglücklichen Abende gesühnt.

Gott muss meiner Mutter vergeben haben, dachte er.

In den ersten Tagen sprach sie nicht, aß sie nicht, aber dann schien sie allmählich ihre Lebensfreude wiederzufinden. Die Deutschen kamen nicht mehr am Haus vorbei. Manchmal vergingen ganze Tage, ohne dass die Frau und das Kind ein fremdes Gesicht sahen, und diese Einsamkeit tat ihren genesenden Herzen gut. Morgens fanden sie die tägliche Flasche Milch auf dem Fenstersims, und das war das einzige Zeichen, dass sie nicht allein auf der Welt waren.

In der Provence fiel der Dezember des Jahres 1917 grimmig aus. Die Kälte war entsetzlich und der Brennstoff rar. Nach Einbruch der Nacht irrten Leute, die kein Feuer machen konnten, um die Häuser und stahlen Holz sowie Hasen und Hühner aus den Schuppen. Der Krieg zog sich zu lange hin und weckte kein Interesse mehr. Die Zeitungen waren offensichtlich voller Lügenmärchen, sodass niemand mehr Geld dafür ausgab. Dass noch kein Frieden eingekehrt war, erkannte man daran, dass jede Woche im unbeholfenen Brief eines Unteroffiziers die Asche eines Kindes steckte, das gesund und munter losgezogen war. Allmählich verschwand der Nachwuchs der Region wieder ins Nichts, ohne dass die Mütter den Leichnam ihrer Söhne ankleiden konnten – diese schreckliche Vorbereitung des nackten und reglosen Körpers auf die große Begegnung im Sonntagsanzug …

Thérèse kümmerte sich um nichts, traf sich mit niemandem. Sie wusste, dass Otto noch immer auf La Nesquière lebte, nicht weit von ihr entfernt, aber sie dachte bereits an ihn, als wäre er endgültig heimgekehrt, wie an einen Toten.

An den langen Nachmittagen, die im Dunkeln endeten, weil man Öl sparen musste … dachte sie an ihr vergangenes Leben, an den Hauptmann, an Otto. Sie weinte über den Verlust ihres Mannes, obwohl nur das Verschwinden des Deutschen der Grund für ihre Tränen war.

Lange betrachtete sie die Stirn, die der Kleine an die Fensterscheibe drückte. Was hatte er von alldem gewusst? Er schien *wieder zu Kräften zu kommen*, wie sie zu sagen pflegte. Seine Wangen bekamen Farbe. Sie betrachtete ihn mit Wohlgefallen. Oft schrieb er seiner Tante, der Nonne, naive fromme Briefe, welche diese sehr zu schätzen schien. Zu Weihnachten schickte sie ihm mehrere Pakete mit Leckereien. Thérèse bekam erlesene Bonbons geschenkt, in deren Schachteln außerdem Visitenkarten mit beinahe unaussprechlichen Namen lagen.

An den ersten Januartagen gab Vater Melun den Löffel ab, und das ganze Dorf war betrübt. Er hatte seit einigen Tagen schlimmen Husten gehabt, und seine Nachbarn riefen nach ihm, als sie sahen, dass seine Fensterläden geschlossen blieben. Dann öffnete der Schlosser die Tür. Es hatte starken Mistral gegeben und dabei ein wenig geschneit, und die Treppe war ganz weiß, da das Dachbodenfenster in der Nacht aufgegangen war. Zwischen den feuchten Wänden, die ebenfalls weiß waren – allerdings vom Salpeter –, herrschte viel strengere Kälte als draußen. Es war, als fiele einem ein eisiger Regen auf den Buckel; vier Männer stiegen dem Schlosser hinterher die Stufen hinauf und murmelten einer nach dem anderen: »Pauvre viei, ségur lou fret l'a tia« (der arme Alte, bestimmt ist er erfroren), und wie um dem Ganzen die Krone aufzusetzen, murmelte der Metzger hin und wieder: »Ah! Sé qué sian, sus terro, sé qué sian …« (Ach, was ist schon ein Menschenleben …? Was ist schon ein Menschenleben …?).

Die Schlafzimmertür war angelehnt; im Bett lag Vater Melun in vor Schmutz grauen Laken und mit einem langen gefrorenen Rotzfaden, hart wie Bernstein, an der Nasenspitze. Warum ist Feuer ein Wesensmerkmal Gottes, nicht aber Kälte? Hager und schwarz wie ein Baumstamm und beinahe nackt, da er halb vom Bett auf das Parkett geglitten und ihm das ganze Nachthemd bis zur Brust hochgerutscht war, schien er dort von einem seltsamen Übel niedergestreckt worden zu sein. Von einem Eisengel erwürgt, dessen Fingerspuren sich violett auf seinem Hals abzeichneten.

Starr vor Schreck wichen die vier Männer zurück.

*

Abends ertönte ringsum stockend in der eisigen Luft das Totengeläut für den alten Küster. Thérèse Delombre sagte zu Georget: »Wir müssen zu Vater Meluns Beerdigung gehen.«

XXIII

Am Nachmittag kam die Sonne heraus. Eine triste Dezembersonne, die sich mühsam einen Weg durch die Nebelschwaden am Himmel bahnte. Der Boden war feucht und das trübe Tageslicht spiegelte sich in den Wagenspuren voller Wasser. Hin und wieder zogen Kiebitzschwärme durch den kalten Himmel, an dem sich einige Wolken erstreckten. Die kahlen Platanen ragten im grauen Licht empor, und auf dem Land krähten die Hähne einander inbrünstig zu. In der Kirche war gerade der dritte Glockenschlag zur Beerdigung verklungen. Es war kurz vor vier und es kam bereits ein schneidendes Windchen auf, das bald die Pfützen gefrieren lassen und die Straßen mit Glatteis überziehen würde.

Die Wege zu Vater Meluns Haus waren voller Frauen, die ihre Röcke anhoben, um sie vor dem Schlamm zu schützen, und voller Bauern, die mit ihren dicken Stöcken Steine aus dem Weg räumten.

Vater Melun hatte keine Verwandten. Nun schritten die Leute ungeordnet hinter der Bahre her. Diese wurde von vier Männern aus der Gegend getragen. Sie war ganz leicht …! Auf dem Sarg aus hellem Holz, den der Tischler nicht lackiert hatte, lagen zwei Kränze aus Pfaffenhütchen und Lorbeer. Es gab in den Gärten keine Blumen mehr und deshalb bestanden sie aus *Grün.* Dieser Lorbeer von einem fast schwarzen Grün, der einen so bescheidenen Sarg schmückte, hatte etwas Ironisches und Tieftrauriges an sich. Der Zug bestand mehrheitlich aus Frauen. Hier und da war ein Soldat auf Heimaturlaub als blauer Klecks in den dunklen Gruppen zu erkennen. Der Pfarrer raffte seine Soutane, damit sie nicht durch den Schlamm schleifte, sodass man seine Waden sehen konnte, die in ihren abgewetzten schwarzen Strümpfen von grünem Moos bewachsen schienen.

Im Regen, der wieder eingesetzt hatte, bewegte sich der kleine Beerdigungszug langsam voran. Durch die Löcher in der Hecke sah man ihn vorwärts schreiten. Von oben erklang das Läuten der Kirchenglocken und gab den Takt vor, und über dem Getrappel der Menge war das undeutliche Gemurmel leiser Gespräche zu hören.

Thérèse Delombre lief mit gesenktem Kopf neben Georget. Madame Gardet ging allein, unweit von ihr, aber hielt Abstand. Die Augen unter ihren alten Lidern aus schmutzigem Pergament verborgen, richtete sie offenbar ihre ganze Konzentration auf das Beten des Rosenkranzes. Hin und wieder hörte man den heiseren Gesang des Pfarrers und die dünnen Antworten der Messdiener. Vater

Meluns Tod war Georget nicht im Geringsten nahegegangen. Er mochte diesen Mann nicht, das wurde ihm jetzt bewusst. Wenn er auf eine Beerdigung ging, betrauerte er stets den Verstorbenen, auch wenn er ihn nicht gut gekannt hatte. Ihm graute vor der feuchten Erde, in der man den Toten vergrub, und er fand, dass nicht einmal der böseste Mensch der Welt diese Strafe verdient hatte. Das Geheimnis des Todes trieb ihn bereits um, aber es bereitete ihm ein gewisses Vergnügen auf Beerdigungen zu gehen: Er mochte es, im Rhythmus der Stimme des Priesters und der Glocken hinter dem Sarg einherzuschreiten. Das Gemurmel um ihn herum begünstigte Träumereien.
Thérèse Delombre fragte sich, warum Madame Gardet, die doch neben ihr ging, so tat, als sähe sie Thérèse nicht, genau wie alle anderen Frauen.

»Sie müssen etwas mitbekommen haben«, sagte sie sich, »aber wie?«

Bei dem Gedanken, dass man im Dorf möglicherweise etwas von ihrem Verhältnis mit dem Deutschen wusste, errötete sie und fühlte, wie die Scham in ihr aufstieg, aber mit dem Stolz einer Frau, die glaubt, dass sie geliebt worden ist, hob sie sofort wieder den Kopf.

»Tja!«, sagte sie sich, »wenn die Frauen nicht mehr mit mir reden wollen, sollen sie es eben bleiben lassen! Ich komme auch ohne ihre Freundschaft aus. Der Krieg wird zu Ende gehen, ohne dass es Mutter Gardet gelungen ist, ihre hässlichen Töchter unter die Haube zu bringen, und sie werden alle drei froh sein, mich wieder zu besuchen, um Tee zu trinken und sich vorzugaukeln, in *feiner Gesellschaft* zu sein. Auch wenn sie es nicht wahrhaben wollen, bin ich ihnen durch meine Position weit überlegen, und es schmeichelt ihnen, bei mir zu Gast zu sein. Aber wenn sie mir so kommen, wollen wir doch mal sehen, ob ich sie künftig empfange …«

Während Thérèse sich in diesen müßigen Überlegungen verlor, schritt die Prozession weiter voran. Bei jedem Seitenweg schlossen sich weitere Gruppen an, und so wurde der Menschenfluss allmählich breiter.

»Ach du lieber Himmel, so viele Leute! Unglaublich.«

»Ach, zurzeit gibt es ja keine Arbeit auf den Feldern, und Vater Melun war immer so nett! Oh! Nur, wenn es um Politik ging, konnte er ganz schön gemein sein! Mein Mann hat einmal …« So vermischten und verwoben sich die Gespräche und zeichneten erstickte Arabesken in die Stille. Madame Gardet hatte endlich ein Ohr gefunden – das der Mutter Milhe, voller schwarzer Härchen – und begann zu lästern. Letztere konnte nur sagen: »Unglaublich! Unglaublich …!« Vor lauter Empörung bekam sie keine Luft mehr.

Keine der ankommenden Frauen nahm den Platz neben Thérèse ein, und da sie sich mit ihrem Sohn direkt hinter der Bahre befand, entstand um sie herum eine große Leere. Man hätte meinen können, die Frau und das Kind wären Vater Meluns Familie.

Die Sonne im Westen hatte einen schönen, rot umrandeten Goldgelbton. Ein feuchter Wind, der den Mantel des Pfarrers hochblies, wirbelte um die Hecken, und da einer der Messdiener die Bahre hin und wieder im Gehen mit Weihwasser benetzte, landeten die mit Regen vermischten Tropfen auf Georgets Stirn, was dieser äußerst unangenehm fand.

Nun kamen sie in Sichtweite von Thérèses Haus. Hinter einer Weggabelung erschien plötzlich die Laube aus wildem Wein, blutrot. Die Luft wurde kühler. Thérèse fühlte einen Stich im Herzen, als sie ihr Haus sah. Der Wind ließ hin und wieder kurz nach. Die Welt schien still auf eine Katastrophe zu warten. Ach! Wie viel subtiler, wieviel grausamer als der raffinierteste Roman ist das Leben. Falls Thérèse für einen Augenblick geglaubt hatte, mit ihrem Fehltritt abgeschlossen zu haben, so täuschte sie sich! Jetzt, wo sie allein war, regte sich in ihr selbst und in ihrer Umgebung die Strafe. Der Hass des verletzten Kindes war gelindert, seit es in jener Nacht ihre Liebesqualen mit angesehen hatte. Damals dachte Georget, dass so viel Schmerz nichts damit zu tun haben konnte, was er in dem Buch auf dem Dachboden gelesen hatte, in dem nackte, in komplizierten Haltungen verschlungene Männer und Frauen abgebildet waren.

Das Kind hatte ihr verziehen, aber das Dorf wartete noch auf seine Genugtuung. Im Schatten lauerte es auf den rechten Augenblick. Verschlagen und heuchlerisch wie alles, was von vielen Männern – und hier auch, das versteht sich von selbst –, von vielen Frauen getan wird. Es würde seine Rache bekommen. Und was die *andere Strafe* anging, die zwar natürlichen Ursprungs, aber in Thérèses Augen dennoch die unergründlichere war und ihren Tod nach sich ziehen würde, denn dazu war Thérèse fest entschlossen, diese Strafe, die bereits in ihrem Bauch zu brennen schien … Während sie mit gesenktem Kopf hinter Vater Meluns Sarg herging, dachte sie nach, und auf ihrem Gesicht zeichnete sich tiefer Schmerz ab. Manchmal leuchteten ihre Augen auf, dann versuchte sie *aufzutrumpfen*, sich zu sagen, wenn sie … (sie wagte nicht, das Wort auszusprechen), dann würde sie es eben behalten und aufziehen. Die Mutterliebe würde über die Meinung der Leute triumphieren. Aber sie verwarf diese Gedanken schnell. Sie liebte Otto nicht genug, um für ihn ein so großes Opfer zu bringen. Sie liebte an ihm alles, was ihren Körper befriedigte, und sonst nichts. Vielleicht könnte sie so jemanden dazu bringen, sie zu heiraten … aber schon bald erkannte sie die andere Seite des Dramas. In was für einer Atmosphäre würden die beiden Kinder leben? Sie kannte Georget.

Die Scham stieg ihr ins Gesicht.

Ganz oben im Küchenschrank lagen einige Päckchen *Sublimat* … Sie wusste zwar nicht, *wo* diese herkamen, aber sie ahnte zitternd, wozu sie dienen würden.

Sie blickte auf. Die Prozession schritt langsam voran. Obwohl Thérèse etwas kurzsichtig war, konnte sie durch die Hopfenzweige hindurch auf der grauen Hauswand etwas Schwarzes ausmachen. Georget sah Buchstaben, große Buchstaben, so hoch wie ein Mauersegment. Viele Trauergäste sahen ebenfalls, dass auf der Mauer etwas geschrieben stand, da diese aber parallel zum Zug verlief und folglich auch zu den Blicken, war es kaum zu entziffern. Thérèse verging vor Angst. Georget spürte, wie ihn eine kalte Hand am Nacken fasste. Madame Gardet genoss eine leichte, schaumige, kühle Freude. Eine unerklärliche Freude.

Wie langsam die Prozession vorankam! Es war, als bräuchte sie eine Stunde, um einen Meter zurückzulegen. Die Träger hielten an, andere lösten sie ab. Thérèse wäre gern gerannt, vorgeprescht, um zu lesen, was man bloß auf ihre Mauer geschrieben hatte. Ihre Beine klebten am Boden, der Schlamm des Weges hielt sie auf und verlangsamte sie.

Die schwarzen Buchstaben wurden mit jedem Schritt größer. Madame Gardet hatte es nicht eilig. Sie ging langsam, ganz langsam, kostete das Vergnügen aus, überzeugt, dass etwas geschehen würde, das für die Gegend von großer Bedeutung war. Bald war das Haus auf Höhe der Bahre, und man konnte die Wörter auf der Wand lesen. Ein dicker, in Teer getauchter Pinsel war über den Stein geglitten. Die Buchstaben waren ungelenk, dennoch gnadenlos lesbar. Sie tanzten nicht, noch nicht einmal vor Thérèses Augen. Fest an der Mauer haftend, bestand keine Hoffnung, dass sie so bald verschwinden würden. Schwarz, glänzend, mit einem angenehmen Geruch nach frischem Teer. Unter jedem Buchstaben waren Tropfen der zähen Flüssigkeit heruntergelaufen. Dort stand – aber der Leser hat es schon erraten, oder die Großbuchstaben haben seinen Blick als Erstes angezogen. Dort stand:

DEUTSCH-FRANZÖSISCHES BORDELL

Alles drehte sich im Kreis, Thérèse stand in der Mitte eines gewaltigen Zauberrads. Der Schriftzug, der Sarg, die Träger, die ganze Landschaft wurden vom Abendwind in den Strudel hineingerissen. Sie ließ Georget los, und er steckte die Hand in die Tasche. Er wusste nicht, was das letzte Wort bedeutete, verstand jedoch »französisch« und »deutsch« und das genügte! Thérèse konnte keinen Gedanken fassen, sie stand unter Schock. Dieser Schock war so heftig, dass er sich nur durch eine leichte Rötung der Wangen und ein flüchtiges Zittern der Hände bemerkbar machte. Madame Gardet war von dem Schriftzug entzückt und musterte Thérèse. Diese schritt ruhig voran, als hätte sie nichts gesehen. Das Weib hoffte, sie würde in Ohnmacht fallen, kreischen, mit den Füßen stampfen, aber die Haltung der schuldigen Frau blieb unverändert. Diese Tapferkeit empörte Madame Gardet. Sie drehte sich ungestüm zu ihrer Nachbarin um: »Das darf doch nicht wahr sein! Schauen Sie sich das an. Wie hochmögend!«, (sie vergriff sich oft bei der Wortwahl, vor allem, wenn sie wütend war). »An ihrer Stelle würde ich vor Scham vergehen. Und der liebe Pfarrer sagte uns vorhin noch, das sei nicht möglich. Er wollte es nicht einreden«, (sie meinte: einräumen). »Und wenn es nicht wahr wäre, würde sie dann eine solche Verunglimpfung«, (offensichtlich war ihr die genaue Bedeutung dieses Worts nicht klar), »etwa sang- und klanglos hinnehmen? Ach was! Ach was! Ich bin doch nicht von gestern.«

Unterdessen zogen die anklagenden Buchstaben langsam, im Tempo der müden Träger rechts an der Prozession vorbei. Alle konnten sie sehen. Die Kinder murmelten sie halblaut, um zu zeigen, dass sie gut lesen konnten. Thérèse blickte starr nach vorn, als wären all ihre Muskeln plötzlich versteinert. Sie konnte nicht behaupten, dass sie sehr unglücklich war. Scham und Schmerz vermischten sich, sodass sie den Eindruck hatte, eine Welt aus Wolken zu durchqueren. Nur den Nacken des Trägers vor ihr konnte sie deutlich erkennen, wie eine Pinie oder eine

Baumkrone, die aus dem Nebel ragt. Es war ihr unmöglich, die Augen von diesem Hals abzuwenden, der rot und faltig war wie der eines Truthahns. Einzelne weiße Haare hingen daran, ähnlich wie Wattebüschel auf einer Wunde. Sobald ein Gedanke in ihrem Kopf aufkeimen wollte, verscheuchte sie ihn. Wer konnte diese Worte geschrieben haben? Niemand in der Gegend hasste sie. Die arme Frau, sie glaubte, es handelte sich um Boshaftigkeit, obwohl es vielleicht nur Gottes Gerechtigkeit war! Sie würde in Zukunft keinen Schritt tun können, ohne diese schwarzen Buchstaben vor Augen zu haben. Verstohlen betrachtete sie ihren Sohn. Sein kleines Gesicht war fahl wie Wachs. Ein wenig rot auf den Wangenknochen und große blaue Ringe unter den Augen. Er sah aus wie ein Toter. Seine Lippen, halboffen wie die einer Puppe, offenbarten winzige weiße Zähnchen, die nicht glänzten, weil sie nicht mehr vom Speichel benetzt wurden. Woran dachte er? Sein Kiefer war verkrampft, als kämpfte er mit starken körperlichen Schmerzen (so wie man das Gesicht verzerrt, wenn man ohne Narkose operiert wird).

Und diese gnadenlose Prozession, von der sie mitgerissen wurden wie ertrunkene Tiere von einem anschwellenden Fluss, wollte kein Ende nehmen …

Endlich erschien das Tor des Friedhofs. Der hohe Giebel mit der halb verblassten Friedensinschrift schwankte einen Augenblick lang zwischen den Zypressen. Der Trauerzug durchquerte den Torbogen, und während der Priester sein Werk zu Ende brachte, nahm Thérèse ihren Sohn bei der Hand, ging hinter den Gräbern entlang und ergriff die Flucht.

Sie ging sehr schnell und das Kind konnte ihr nur mit Mühe folgen. Nun kamen sie zu zweit an dem frischen Schriftzug vorbei. Die Frau hielt es nicht mehr aus. Als sie die Tür hinter ihnen zugezogen hatte, konnte sie sich nicht mehr beherrschen und begann heftig zu schluchzen. Es sah so aus, als würde sie sich übergeben. Tränen, Wutschreie, Stampfen.

Anfangs hatten die stürmischen Tränen das Kind gerührt, aber diesen Anfall fand es abstoßend. Die gekränkte Frau richtete sich wieder auf. Schmähungen und Schimpfwörter gegen die Frauen aus der Gegend. Es war ein jämmerliches Schauspiel. Nichts ist beschämender als eine betrunkene Frau. Kein Anblick ist schmerzlicher als der einer Frau, die vor Schmerz von Sinnen ist. Thérèse war zugleich zornestrunken und tödlich verletzt. Georget wandte stumm den Blick ab. Leise einen Fuß vor den anderen setzend schlich er in den Flur. Seine Stirn streifte eine große Karte Nordfrankreichs und brachte eines der winzigen französischen Fähnchen zu Fall, mit denen sie angefangen hatten, den Krieg nachzustellen. Die sich seit der Marne jedoch nicht mehr vom Fleck bewegt hatten … Er setzte sich in einen großen grünen Korbsessel und fing selbst an zu weinen.

Draußen war es nun ganz dunkel. Langsam ertönte das Angelusläuten … jenes Läuten, das auf den Höfen, auf den zugewucherten Hohlwegen, in den Büschen, bei den aufgegebenen Brunnen, mitten auf den Feldern wieder Frieden einkehren lässt. Im Westen warf das Licht der Sprengstofffabrik von Sorgues einen großen goldenen Lichtkreis an den Himmel.

XXIV

Der Neujahrstag verstrich. Niemand kam sie besuchen, außer jenen kleinen Kindern, die von Tür zu Tür gehen, um *ein frohes neues Jahr zu wünschen.* Sie lassen ein paar Münzlein klimpern und bleiben so lange an der Tür stehen, bis man ihnen Geld oder Süßigkeiten gibt.

Der Briefträger brachte den neuen Kalender, und die beiden gingen mit wehem Herzen von einem Jahr zum nächsten über.

Sie aßen fast nichts. Thérèse konnte sich zu nichts mehr aufraffen. Verzweifelt spürte sie, wie aus ihrem Inneren ein Ruf aufstieg. Ein paar Tage lang hatte sie es nicht glauben wollen, aber jetzt bestand kein Zweifel mehr. Diese Närrin, sie hätte darauf gefasst sein müssen! Sie war schwanger. Otto ging nicht mehr am Haus vorbei. Er wusste von nichts, und dennoch nahm ihr gemeinsames Kind bereits Gestalt an. Sie dachte an Selbstmord. Wenn sie den Küchenschrank öffnete, sah sie ganz oben im höchsten Fach elf Päckchen *Sublimat*, die roten Etiketten zogen sie in ihren Bann wie starrende Augen. Thérèses Entschluss stand fest. Sie bereitete sich auf den Tod vor.

Sie hatte ein kleines rotes Kreuz in den Kalender eingetragen: 16. April. Es blieben ihr noch vier Monate zu leben. Die Frau bereitete sich darauf vor, wie eine Heldin zu sterben. Allerdings war das schicksalhafte Datum noch recht fern, außerdem war sie von der Dramatik ihrer Lage fasziniert.

Was würde aus ihrem Sohn werden, wenn sie nicht mehr da wäre? Sie dachte voller Mitleid an sein Schicksal. Na, dann würde sie eben einige Tage vor dem 16. April seiner Tante, der Nonne, schreiben, und man würde ihn aufs Collège schicken! Abends im Bett versuchte sie sich die tragische Szene vorzustellen, wenn man ihren Leichnam fand.

Sie würde ihre besten Kleider anziehen, sich kerzengerade ins Bett legen, so wie jetzt, und warten, bis ihre Seele, vom Gift verbrannt, mit dem Leib verschmolz, der sie so gequält hatte … Sie würde die leichte Berührung des Kissens im Nacken und einen schwachen Eisengeschmack im Mund spüren, als lutschte man an einem Schlüssel …

Sie fühlte, wie sich ihre Schenkel berührten. Sie faltete die Hände auf der Brust. Alles war reglos und still. Ach, der Tod ist bestimmt weniger schmerzvoll, als man denkt. Und was sollte sie nun, da sie ihren Liebhaber verloren hatte, mit ihrem Leben anfangen? Georget würde allmählich heranwachsen und sich von ihr entfernen. Und außerdem hatte sie keine Wahl! Nun da sich der Tod durch ihr eigenes Verschulden schon in ihr eingenistet hatte …

Sie maß ihre Lebensdauer am Reifegrad ihres ungeborenen Kindes.

Trotz alledem unternahm sie einen letzten Versuch. Sie hatte gehört, dass Petersilienaufgüsse … Zwei Tage lang hoffte sie, aber das Kind war schon zu lange in ihr, um sie freiwillig zu verlassen …

*

Ein Monat war schon vergangen. Der Winter war sehr kalt und außerordentlich hart. Sie verließ das Haus nur, um das Nötigste einzukaufen, meistens schickte sie das Kind in den Gemischtwarenladen und in die Metzgerei. Sie verbrachte Stunden vor dem Spiegelschrank, um sich zu vergewissern, *dass man noch nichts sah.* An manchen Tagen erschien ihr der Bauch so geschwollen und auffällig, dass er alle Blicke auf sich ziehen musste. An anderen Tagen stellte sie zu ihrer Freude fest, dass man es noch nicht sehen konnte, und so folgten traurige Stunden auf hellere Stunden, die Zeit schritt voran …

Je näher der Termin rückte, umso größer wurde ihre Angst. Sie küsste den Jungen jetzt oft, wie am Anfang des Kriegs, als sie nur ihn liebte. Der Kleine spürte, dass seine Mutter an etwas Schlimmerem litt als am Schmerz der

Trennung von Otto. Ihre tiefen Seufzer, ihr Gesicht, das sich stellenweise gelb färbte, und ihr schwerfälliger Gang, all das besorgte ihn. Er hatte zwar sehr gelitten, als sie die Geliebte des Deutschen gewesen war, aber jetzt, wo sie, zumindest dem Anschein nach, zu ihm zurückgekehrt war, vergaß er das alles. Er wollte nicht, dass sie unglücklich war. Tat sein Möglichstes, um ihr zu zeigen, dass er sie gernhatte, aber je mehr Küsse er ihr gab, je mehr liebevolle Worte er ihr sagte, desto unglücklicher wirkte sie.

Ach! Jetzt, wo der Tag nahte, wollte sie nicht mehr sterben. Wie töricht sie gewesen war, sich diesem Mann hinzugeben, der sich schon nicht mehr um sie scherte! Was für ein Leben voller Ruhe und Glück hätte ihr bevorgestanden, wenn sie redlich geblieben wäre. In Gedanken sah sie sich, schon etwas älter, mit ihrem großen Sohn, der sie liebte, nach ihrem Tod hingegen würde Georget sie, wenn nicht vergessen, so doch bestimmt verachten. Wer weiß, ob er sie nicht jetzt schon verachtete, ob er nicht alles erraten hatte? Ob seine Mutter ihn nicht anwiderte? Sie sieht diese launische, unruhige, aber willensstarke und aufrichtige Persönlichkeit heranwachsen. Sie legt die Hände um seinen kleinen Kopf. Wie schön würde dieses Kind mit achtzehn Jahren sein! Seine bereits sinnlichen Lippen würden noch voller werden. Sein wehmütiger Blick würde die Frauen ins Herz treffen und sie für ihn entflammen lassen! Sie sieht seine schönen goldbraunen

Arme vor sich (ihre Phantasie vermag stets nur solche Bilder heraufzubeschwören) – die Haut des Kleinen hat nämlich den Farbton von verbranntem Gold –, sein kräftiges Kinn, seine rosigen Knie, und sie küsst ihn, sie küsst ihn wie von Sinnen …

Er lässt es bang über sich ergehen. Die immerzu feuchten Augen seiner Mutter machen ihm Angst. Ihm ist so unbehaglich zumute wie jedem, dem sich bald etwas Wesentliches enthüllen wird. Wie dem Ehemann, der eine diffuse Beklommenheit verspürt, wenn sein bester Freund naht, und sich diese noch nicht erklären kann; wie den Liebenden, denen die Trennung bevorsteht, auch wenn sie es sich beide noch nicht eingestehen wollen.

Sicher ist die Mutter krank. Er fragt sie, was sie hat. Sie wird blass und schweigt. Was mag sie nur haben?

Obwohl die Zeit knapp war, ging die Entdeckung nur langsam vonstatten. Eines Abends kam eine Spitzenhändlerin vorbei. Sie trug ein Kleinkind im Arm, ihr Bauch war riesig. Sie musste schwanger sein, denn für eine Fettleibige war sie zu blass, und ihr Gesicht war mit gelblichen Flecken übersät, genau wie Thérèses Hals und Wangen. Thérèse, die früher nicht einmal einen Blick auf die Ware solcher Leute werfen wollte, bat die Frau herein, erlaubte ihr, sich am Feuer aufzuwärmen, und kaufte ihr Allerlei ab. Der Junge fragte sich, was das bedeuten mochte. Thérèse nahm der Mutter das vor Dreck schwarze Kind aus den

Armen. Gerührt küsste und wiegte sie es. Dann fragte sie die Frau, wann sie ihr nächstes Kind erwarte. Es würde zur gleichen Zeit wie ihres auf die Welt kommen, wenn sie sich nicht vorher umbrachte … Der Mann der Händlerin war an der Front. Sie habe gerade heute Morgen einen Brief von ihm bekommen, den sie noch nicht gelesen, besser gesagt, sich noch nicht hatte vorlesen lassen. Der Brief befand sich auf dem Grund ihrer Tasche unter einem Schnupftuch, einer Schachtel Streichhölzer und einem Schlüsselbund, welche die Frau in einer Reihe auf den Tisch legte. Es war ein sehr naiver und ziemlich beliebiger Brief, dennoch ließ er Tränen in Thérèses Augen aufsteigen. Georget hörte neugierig zu und verglich das Gesicht der beiden Frauen. Sie hatten etwas gemeinsam, den gleichen müden Ausdruck, den gleichen gelben Glanz …

XXV

Ein oder zwei Mal täglich ging Thérèse auf den Dachboden hinauf. Georget hörte die Schlösser des großen Schranks knarren, in dem die ausgemusterte Wäsche aufbewahrt wurde. Er fragte sich, was sie wohl tun mochte. Etwas sagte ihm, dass man sie möglichst nicht allein lassen durfte – jetzt war es an ihm, Verdacht zu hegen –, und wenn ihm bewusst wurde, dass sie dort oben war, erfasste ihn die gleiche Beklemmung wie damals, als sie mit dem Deutschen im Garten saß …

Eines Morgens war sie wieder auf dem Dachboden, und er las neben dem Küchenofen. Bevor sie hinaufging, hatte er eine Weile beobachtet, wie sie um ihn herum schlich. Schließlich sagte sie schnell, als wollte sie etwas Verbotenes tun: »Bleib hier, ich muss noch eben etwas erledigen …«

Er hatte die Schlösser des Wäscheschranks knarren hören, dann war es still. Er horchte. Warum zog es sie bloß dort hinauf? Er vernahm ein leises Geräusch, das wie ein Weinen klang. Er horchte auf.

»Mam, was hast du?«

Sie gab keine Antwort. Da stand er auf und stürmte die Treppe hoch. Die Dachbodentür stand offen und der sonderbare Anblick, der sich ihm bot, ließ ihn zurückweichen. Seine Mutter saß vor dem Schrank. Vergilbte Wäsche fiel aus den Fächern und rings um sie verstreut lagen all die Kleider, die Georget als Kleinkind getragen hatte. Winzige Strickjäckchen, Strümpfe, Spitzenkleider. Sie weinte über diese kleinen Dinge. Der Mutterinstinkt war stärker als alles andere. In ihren festen Entschluss, ihr Leben zu beenden – sie dachte ununterbrochen an den Tod, versuchte sich an den Gedanken zu gewöhnen – schlich sich jeden Tag, so wie jetzt, ein Moment der Schwäche.

Georget, den das merkwürdige Verhalten und die ungewöhnlich glänzenden Augen seiner Mutter, die ständig voller Tränen waren, seit einigen Tagen bedrückten, glaubte, sie hätte den Verstand verloren. Wie von Sinnen küsste sie die Bänder, die Hemdchen und weinte noch heftiger. In der verurteilten Frau kam wieder die Mutter, die zukünftige Mutter zum Vorschein. Sie hatte den Jungen nicht gesehen. Er rannte zu ihr: »Mam, Mam? Was hast du? Bist du krank?«

Sie bebte, als hätte sie ein Schlag getroffen. Erstaunt betrachtete sie die Wäsche, die überall verstreut war. Sie schien plötzlich zu erwachen. Das Tageslicht, das grell durch das Dachbodenfenster fiel, beleuchtete sie mit all ihren Falten. Das weiße Licht zeichnete die Umrisse ihres reglosen Körpers nach, und eine dicke Träne lief ihr über die Wange, so riesig, dass man darin, wie mit einer Lupe vergrößert, die roten Verästelungen ihrer geplatzten Äderchen sah. Die Haare – darunter bereits einige weiße – wurden durch das Licht noch fahler, sie sah aus wie ein Sinnbild des Elends, der Verzweiflung. Ihr Bauch verriet, dass sie Mutter werden würde.

»Mam, was hast du?«

Das Kind hat Angst, es zu erraten. Es spürt, dass sich dieser Augenblick wie ein glühendes Eisen in sein Herz bohren wird. Es presst die Lippen zusammen. Wartet darauf, vom Schlag getroffen zu werden.

»Nichts, mein Kleiner. Du sollst nicht einfach so heraufkommen. Wenn dich niemand ruft.«

»Aber ich habe dich weinen hören. Warum weinst du in letzter Zeit so viel? Bist du krank?«

Sie zieht das Kind an sich. Die Wangen der beiden berühren sich. Sie halten sich bei den Händen. Das blonde Haar des Kleinen vermischt sich mit Thérèses verblichenem Haar. Sie weiß nicht, was sie sagen soll. Dennoch liegt ihr ein Satz auf der Zunge, ein Satz, der wie ein Diamant funkelt, der vielleicht alles wieder gutmachen wird. Ihr Kopf ist schwer vom vielen Weinen. Ihre Hände liegen grau in Georgets goldbraunen Händen. Sie sieht, wie ihre Hände aussehen werden, wenn sie tot ist. Dann spricht sie, ohne recht zu wissen, was sie sagt, und hört sich dabei selbst angstvoll zu, wie eine Person, die es nicht wagt, etwas Bestimmtes auszusprechen und jemand anderen bittet, es an ihrer Stelle zu tun, während sie selbst an seinen Lippen hängt. »Ach, was zählt es schon, was die Leute denken! Ich werde auch so glücklich sein. Ich werde das Haus verkaufen, mit meinem Sohn wegziehen. Er ist das einzige, was zählt.« Sie legt die Arme um den kleinen Hals und sagt ihm beinahe flüsternd ins Ohr: »Was würde aus dir werden, falls ich sterben müsste, mein Liebling?«

Das Kind schaut ihr in die Augen. Es ist nicht überrascht. Mit einer solchen Frage hat es gerechnet.

»Warum denkst du an so etwas?« Und dann lügt Georget: »Mütterchen, wenn du sterben würdest, würde ich mich umbringen.«

Sie sagt kein Wort. Sie zögert. Spürt ein Brennen in der Brust.

»Ich habe nur noch ein paar Tage zu leben.« Was spielt seine Antwort schon für eine Rolle, da ohnehin …

Sie spricht mit der albernen Stimme, die man bei Kindern verwendet, wenn man sie hätscheln will. Sie glaubt, das werde die Sache leichter machen. In ihren Ohren läuten Glocken. Das Licht im Fenster zittert wie ein Hauch. Ihr Herz rast. Die Lippen ganz nah am Ohr des Kleinen gibt sie ihm einen Kuss, und sagt dann sehr leise: »Was würdest du davon halten, wenn ich dir ein Brüderchen schenke …«

Sie schließt die Augen, hört nichts mehr, schwankt auf ihrem Stuhl, klammert sich an die Schulter des Kindes.

Georget reißt sich unwirsch los. Er steht mit gerunzelter Stirn und gerötetem Gesicht vor seiner Mutter. Im Licht glänzen seine Pupillen wie Glasscherben. Die Mutter schließt die Augen, wartet.

»Weshalb willst du mir einen Bruder schenken …?«

»Das war ein Scherz, das war ein Scherz …«

»Du hast doch keinen Mann …«

Sie sprechen beide, ohne einander zu hören; ihre Sätze vermischen sich, ohne einander zu erreichen. Der Kleine ist zutiefst beschämt, Hass steigt in ihm auf, Schmerz zerreißt ihm die Brust. Seine Stimme presst sich zischend durch die Zähne. Die Frau ist am Boden zerstört, verloren, bloßgestellt, als hätte sie unter Folter ihr Geheimnis preisgegeben. »So sind sie alle. Sie wissen schon, was man zu *tun* und zu *lassen* hat. Mit elf Jahren …«

Aber warum hat sie dieses kleine Herz, das sich entwickelte, das aufblühte wie eine zarte Blume, auch für diesen Mann im Stich gelassen, ohne zu verstehen, dass es ihretwegen Höllenqualen erlitt? Vielleicht ist nun die Zeit der Rechenschaft gekommen.

»Ich wollte nur hören, was du dazu sagst … Sei nicht böse, Georget, es war nur ein Scherz …«

Ein kreidiges Licht fällt auf ihr blasses, steingraues Gesicht.

Georget gibt nicht nach: »Du kannst kein Kind bekommen, weil Papa tot ist. Was werden die Leute sagen …«

Er schäumt vor Wut.

»Und außerdem würde ich, wenn du noch ein Kind bekämst, nicht hier bleiben, ich würde fortgehen, dorthin, wo …«, (sein Speichel erstickt ihn. Er stammelt:), »Ja, ich werde fortgehen …«

»Aber Georget.«

»Ich gehe fo…«

Er läuft hinaus und schlägt die Tür hinter sich zu. Die Frau bleibt allein auf dem Dachboden zurück. Sie hat keine Kraft zum Weinen. Sie steht nur da und streicht mit beiden Händen ein winziges Strickjäckchen über ihrem Bauch glatt. Der Junge geht langsam, ganz langsam die Treppe hinunter. Böse Gedanken quälen ihn, sein Kopf ist voll davon. Er kann nichts mehr sehen, stößt sich an jeder Stufe. In letzter Zeit hat er wirklich viele leidvolle Stunden erlebt, aber jetzt, in diesem Augenblick, ist er gewiss auf dem Gipfel des Schmerzes angelangt. Dort, wo der Schmerz so stark ist, dass man ihn an keiner bestimmten Stelle des Körpers spürt (denn selbst seelische Schmerzen lassen sich eigentlich verorten), sondern glaubt, in ihm zu schwimmen, in den Tiefen des Herzens von ihm verbrannt zu werden. Jede Geste scheint ihm eine Wunde aufzureißen. Jeder Tritt seiner Ferse auf den Stufen hallt in seinem Schädel wieder, lässt ihn bluten. Georget ist todunglücklich, er ist zutiefst beschämt.

Seine Mutter wird also einen Bastard bekommen. Nun wird ihr Haus so werden wie das von Mademoiselle Jeanne, die *auch* einen Bastard zur Welt gebracht hat. Wenn man über diese Frau spricht, lachen die Männer, und die Frauen pressen die Lippen zusammen. »Auch ich werde also immer einen kleinen Bastard um mich haben, der einen Deutschen als Vater hat, und dafür küsst sie jeden Abend das Bild meines Vaters und dafür muss ich mir ständig anhören, ich sei ein Mündel der Nation, vom französischen Volk adoptiert und was weiß ich noch alles.«

Er stellt sich die Freude der Leute vor, wenn seine Mutter entbindet, und die Fassungslosigkeit ihrer Bekannten, ihrer Verwandten an fernen Orten ... Und was sollte er in dieser Lage tun ...?

Er denkt an die kleine Olga und ihr Glasauge. Seine Mutter hat ihm immer alles weggenommen, was ihm Freude machte. Er hat ihr nie etwas bedeutet. Soll sie doch dort oben weinen, sie wird niemals all die Tränen aufwiegen, die er ihretwegen vergossen hat! Die schlimmsten Wörter kommen ihm in den Sinn. Er berührt die Kristallkugel am Ende des Geländers. Er ist unten angekommen.

»He, jemand zu Hause?«

Es klopft an der Tür. Georget wischt sich die kalten Tränen von den Wangen und öffnet die Tür. Es ist ein

Dorftrottel, der um Almosen bittet. In seinem Mund führen alle Vögel des Comtat eine Unterhaltung. Die Kinder freuen sich über ihn, die Jäger treibt er zur Verzweiflung. Vom vielen Pfeifen sind seine Lippen dick und wulstig, seine Wangen hohl geworden. Aus den Tiefen seiner Kehle steigt rein und gläsern der Gesang einer Nachtigall auf. Sie schweigt, dann trillert ein Kanarienvogel durch seine spitzen Lippen eine kleine Melodie. Er hat alle möglichen Pfeifen um den Hals hängen. Er trägt einen Sack voller Brotstücke auf dem Rücken und hält in jeder Hand eine Pfeife, die den Gesang eines Vogels nachahmt. Das ist kein Mann, sondern ein Vogelhaus. Georget hat sich schon immer vor ihm gefürchtet, und es schien so, als ob der Trottel den Zauber, den er auf das Kind ausübte, ausnutzen würde. Jedes Mal, wenn er um Almosen bittet, muss Thérèse ihn schleunigst wieder verjagen. Dann humpelt er weg auf seinem gebrochenen Beinchen. Gebrochen, seit er sich als Kind eines Tages aus dem Dachbodenfenster stürzte, weil er glaubte, fliegen zu können.

Heute hat Georget keine Angst vor ihm. Der Junge fragt ihn lächelnd (die Gesichtsmuskeln entspannen sich allmählich) nach seinem Anliegen. Der Mann wird zu einem Feld voller Wachteln, die einander zurufen, dann zu einem Tümpel, wo sich große grüne Erpel tummeln, dann zu einem Frühlingshimmel, wenn die Schwalben zurückkehren, und schließlich zu einer Sommernacht, in der

Nachtvögel von einem Baum zum anderen zwitschern. Er hat sich sein Stück Brot verdient. Er wartet. Der Kleine holt einen speckigen Zwanzig-Sous-Schein aus einem Topf auf dem Kamin, gibt ihn dem Trottel. Dieser strahlt vor Freude und verwandelt sich in einen Urwald wie aus dem Bilderbuch, wo exotische, bunte Vögel piepsen und singen. Wie ein mit Vögeln beladener Kahn bricht er auf und noch lange ist der Gesang eines Gimpels auf dem Weg zu hören …

Eine Kleinigkeit kann die Seele von großem Schmerz ablenken. Georget hat in diesen fünf Minuten alles vergessen, aber sobald er allein ist, steht er seinem Leid wieder gegenüber. Es ist kein Blutgeschmack mehr in seinem Mund, kein Brennen in seinem Kopf, kein geschmolzenes Blei in seinen Venen. Nun bedrückt ihn ein unbestimmter, eintöniger, starrer Kummer. Seine Augen brennen vor Trockenheit. Ein eisiger Hauch durchfährt seine Brust. Er geht zum Porträt seines Vaters und küsst es.

Er verabscheut diese Frau, wie er noch nie jemanden verabscheut hat.

Langsam räumt Thérèse auf dem Dachboden die Wäsche wieder ein. Sie rollt die Bänder zusammen, atmet den Naphtalingeruch ein, faltet sorgfältig die Windelhöschen. Sie weiß nicht, was ihre Hände tun. Ihr Bauch brennt. Sie lässt sich mit der Arbeit Zeit. Was wird dann wohl passieren? Sie wird dem Kleinen wieder unter die

Augen treten müssen, und was wird dann wohl passieren? Das, worauf sie wartet, und was sie vor Angst mit den Zähnen klappern lässt: die eine Art der Erlösung oder die andere. Lieber die endgültige als die andere. Von allen verhasst wird sie gehen. Otto, den sie für immer verloren hat, wird schon bald die Gegend verlassen. Nie wird er erfahren, was er in diesem Dorf hinterlassen hat, die tiefe Furche, die er in diese beiden Herzen gegraben hat, die unheilbare Wunde, die man nicht sieht und die trotzdem von der ganzen Seele Besitz ergreift. Thérèse lässt sich treiben … Überall um sie herum, hinter den alten Möbeln, den alten Kisten, tun sich große Schattenlöcher auf. Auf Dachböden kommt die Nacht nicht schlagartig, sondern sie steigt von allen Seiten auf, denn so viele alte Dinge sehnen sie herbei! Thérèse steht bis zur Taille im Schatten. Das Fenster ist nur noch ein kleines, blaues Rechteck, das durch ein schwarzes Kreuz in vier gleich große Felder aufgeteilt wird. Weit draußen auf dem Land brennt das Licht eines Bauernhofs.

Sie steigt mechanisch die Treppe hinunter. Wie eine Kranke stützt sie sich an der Wand ab. In der Küche hat das Kind die Lampe angezündet. Sie hört es umherlaufen. Sie zögert zwei Minuten lang, bevor sie eintritt. Sie hebt den Vorhang und steht nun ganz im Licht. Das Kind wagt nicht, sie anzusehen, drückt sein Kinn gegen die Brust.

Es kam ihnen nicht in den Sinn, zu essen.

Sie standen sich einen Moment gegenüber, ohne sich anzublicken, danach gingen sie zu Bett.

Acht Tage vergingen. Das Kind hatte die Waffen nicht gestreckt. Die Frau flehte stumm mit dem Blick um Vergebung, die nicht kam, die niemals kommen würde …

XXVI

Es war ein schöner Februar, einer jener Monate, in denen man erahnen kann, wie in den noch kahlen Bäumen heimlich die Säfte aufsteigen, in denen man fühlt, dass die Frühlingssonne bereits in den Weiten des Himmels herannaht. Das Comtat schüttelt den Winter schon im zweiten Monat des Jahres ab und blüht dann bei der Wiedergeburt der Hecken und Felder auf wie eine Blume.

Im Haus brachten die beiden ihr Leben mit Warten zu. Sie sprachen kaum, aßen wenig. Mit gesenktem Blick liefen sie in den Räumen hin und her. Was hätten sie einander sagen sollen? Die Frau konnte keinen Gedanken mehr fassen. Das Kind reifte in ihr heran und sie vergaß ihren Entschluss zu sterben. Georget verabscheute sie so sehr, dass er ihren Anblick nicht ertragen konnte. Er fragte sich, was sie zu tun gedachte. Da er um ihre Feigheit wusste, wartete er auf die Katastrophe. Er verspürte oft den Wunsch zu sterben. Er dachte nicht mehr an den lieben Gott … Was kümmerten ihn jetzt das Warten auf den Frühling und die Leute und er selbst? Sein kleines Herz schien für immer gestorben.

Und nun müssen wir wohl oder übel zum Ende dieser Geschichte kommen: zum letzten Augenblick dieses gemeinsamen Leidenswegs, in dem die Frau und das Kind sich schließlich treffen.

Es war Abend. Sie hatten gerade eine karge Mahlzeit eingenommen. Die Lampe verbreitete unter ihrem Schirm ein trübes, goldenes Licht, das ihre beiden Gesichter im Halbschatten erleuchtete. Der Kleine bastelte mit dem Meccano-Baukasten halbherzig einen Panzer. Die Frau las. Bei jeder Zeile hielt sie inne und legte den Finger auf den angefangenen Satz, um die Stelle nicht zu verlieren, als hätte sie jemand im Schatten angesprochen, und starrte dann lange vor sich hin. Man hörte das Ticken der Wanduhr. Der Ofen rumpelte dumpf. Ein Jahr zuvor wäre die Szene, von einem Fremden durch den Spalt zwischen den Fensterläden betrachtet, dieselbe gewesen, voller Vertrautheit und Glück. Jetzt waren sie nur mehr Gespenster ihrer selbst, innerlich zerrissen, die auf einen zweiten Tod warteten. Draußen herrschte die tiefe Stille der provenzalischen Nacht. Eine Nacht am Ende des Winters, glitzernd wie ein Block aus blauem Eis, in dem die langen Zacken von Sternen eingeschlossen sind … Hin und wieder waren auf dem Weg Leute zu hören, die in Gruppen von abendlichen Besuchen zurückkehrten. Das Leben ging weiter.

Plötzlich horchte Georget auf. Man vernahm Stimmen und Instrumentenklänge. Thérèse lauschte und wurde dann ganz blass. Sie hatte es erraten. Die Deutschen gingen fort. Ja, es waren wirklich ihre rauen Stimmen, ihr Akkordeon und ihre Gitarre. Ein schmerzhafter Stoß im Bauch: Das Kind bewegte sich. Sie hatte den Mann nicht wiedergesehen und nun verließ er die Gegend, ohne ihr Lebewohl zu sagen, dem Land seiner Kindheit entgegen, zu anderen Frauen. Sie bereut nicht, ihn geliebt zu haben, sie liebt ihn immer noch mehr als sich selbst.

Die Stimmen wurden immer deutlicher. Ein Lied aus ihrer Heimat war zu vernehmen, ein Kriegslied, ein Jubelgesang. Er funkelte förmlich in der Nacht. Rhythmisch, klangvoll erstrahlte er wie ein Funkenregen, schwoll an, verhallte, als sie an einer Mauer vorbeigingen, und hob dann umso vernehmlicher und frohlockender wieder an. Sie würden wahrscheinlich den Zug um halb zwölf nehmen und so zum Lager in Serres zurückkehren; der Mann, der sie bewachte, war nicht darauf erpicht gewesen, bei dieser Kälte mitten in der Nacht drei Kilometer hin und drei Kilometer zurück zu laufen, und so hatte er sie allein gehen lassen.

Das Akkordeon seufzte klagend. Die Gitarre ebenfalls, und die schmerzerfüllten Klänge dieser romanischen Instrumente bildeten einen seltsamen Kontrast zum rauen Akzent der Deutschen. Die Musik war für die Frau eine Qual. Das Kind wollte diesen Mann am liebsten umbringen, der ihm so – singend – alles genommen hatte, was ihm auf der Welt lieb war. Die Metallstäbchen des Baukastens zitterten in seinen Händen. Eine heiße, zähe Flüssigkeit stieg ihm in der Kehle auf, als ob eine seiner Venen geplatzt wäre und das Blut in seinen Mund und Kopf strömen würde. Thérèse stand still da. In ihren Augen lag ein feuriger Glanz. Noch immer ertönte das an- und abschwellende Lied in der Stille. Die Frau sagte zu Georget: »Macht es dir etwas aus, ein paar Minuten im Dunkeln zu bleiben? Ich hole mal eben die Zeitung von gestern, ich habe den Fortsetzungsroman noch nicht gelesen.«

Sie nahm die Lampe und rannte ins Schlafzimmer hinauf. Sie öffnete das Fenster. Die Felder erstreckten sich stumm und hell unter dem Mond, der von einem gelben Hof umgeben war. Die drei Männer in ihren großen Mänteln gingen die Straße entlang und wiegten sich im Rhythmus. Sahen sie das Licht? Sie hielten an, waren für einen Augenblick still und setzten dann ihren Weg und ihren Gesang fort. Sie verschwanden hinter einer Hecke.

Im Dunkeln fragte sich Georget, was seine Mutter wohl tat. Die Frau wollte die Deutschen so lange wie möglich sehen. Sie nahm die Lampe und stieg zum Dachboden hinauf. Sie erblickte die Männer kurz bevor sie hinter dem Haus des Feldhüters verschwanden. Man konnte sie kaum noch hören.

Es war vorbei. Thérèse atmete auf. Sie wollte schnell hinuntergehen, aber etwas hielt sie zurück, war es, weil sie mit der Ferse an einer Stufe hängenblieb oder griff im Schatten eine Hand nach ihr? War die Stunde des Vergessens nun gekommen – oder vielleicht die Stunde der Strafe? Sie fiel die Treppe der Länge nach hinunter und die Lampe zerbrach am Geländer, über dem ein paar Bettdecken hingen. Sie stieß einen langen, schmerzerfüllten Schrei aus, der das ganze Haus durchdrang. Das Kind hatte den Aufprall gehört. Es stieg die finstere Treppe hinauf und stieß sich an allen Stufen. Seine Mutter lag ausgestreckt im roten, verschwommenen Schein der Wolldecken, die in Flammen aufgingen. Ohnmächtig. In ihrer Schläfe klaffte ein blutiges, schwarzes Loch. Ihr Körper verlor sich im Schatten, dicker Rauch kroch schwerfällig die Treppe hinunter, waberte um das Geländer und wurde eins mit der Dunkelheit.

Wie versteinert lehnte sich der Junge einen Augenblick lang an die Wand. Ein heißer Fluss riss ihn mit. Er sah ringsum Deutsche, die Rauch spien. Rote und grüne Lampen an goldenen Fäden versengten ihn, während sie tanzend an ihm vorbeizogen. Ein starker Wind rüttelte an den Türen. In seinen Schläfen explodierten Kanonen. An einem Strand voller Licht, umgeben von einem Meer aus Feuer schlief er ein ...

Am nächsten Freitag stand auf der ersten Seite von *L'Echo du Ventoux* in einer einfachen und ergreifenden Prosa Folgendes geschrieben: »Am Abend des 4. Februar erschütterte ein schrecklicher Unfall unsere friedliche Gemeinde. Madame Thérèse Delombre, Witwe des Hauptmanns Delombre, der am 24. Juni 1915 auf dem Feld der Ehre gefallen ist, Kriegsverdienstkreuz, Militärmedaille, Orden der Ehrenlegion (posthum verliehen), kam mit einer Lampe in der Hand vom Dachboden, stolperte und stürzte die Treppe hinunter. Die Lampe setzte einen Stapel Decken in Brand, der sich in der Nähe befand, und innerhalb von kurzer Zeit stand das ganze Haus in Flammen, auch weil plötzlich ein Nordwind aufkam, was die Situation noch verschlimmerte. Madame Delombre konnte nicht gerettet werden; ihr Sohn, der junge Georges Delombre, ist mit einigen harmlosen Verbrennungen davongekommen, aber seine geistige Verfassung ist recht labil aufgrund des Schreckens, den er in dieser schlimmen Situation erlitten hat.

Den Schmerz unserer Gemeinde wird man leicht ermessen können, wenn wir darauf hinweisen, dass Madame Delombre hier allseits bekannt und geschätzt war, und außerdem daran erinnern, dass Hauptmann Delombre als Held gefallen ist.«

Nachwort

»Ich kenne André de Richaud nicht. Sein schönes Buch werde ich aber nie vergessen, es war das erste, das mir von Dingen erzählte, die ich kannte.« So äußerte sich Albert Camus 1951 über *Der Schmerz*, jenen Roman, der ihn nach eigener Aussage selbst zum Schriftsteller werden ließ. Wer war dieser Autor, dessen Buch den jungen Camus so tief beeindruckte?

Wie Albert Camus, wuchs auch André de Richaud in recht einfachen Verhältnissen auf, weit weg von den Kreisen der Pariser Elite. Er wurde am 6. April 1907 in Perpignan als Sohn eines Lehrers geboren. Mit sieben Jahren verlor er seinen Vater im Ersten Weltkrieg und zog mit seiner Mutter nach Althen-des-Paluds, ein kleines Dorf in der Provence, das auch der Schauplatz von *Der Schmerz* werden sollte. Seine Mutter starb 1923 im Alter von nur vierzig Jahren. Richaud, zu diesem Zeitpunkt sechzehn Jahre alt, wurde auf ein Internat in Carpentras geschickt. Nach Abschluss der Schule studierte er Rechtswissenschaften und Philosophie in Aix-en-Provence und arbeitete anschließend als Philosophielehrer. Bereits mit neunzehn veröffentlichte er erste kürzere Texte. 1930 reichte er das Manuskript von *Der Schmerz (La douleur)* bei der Jury des *Prix du premier roman* der *Revue hebdomadaire* ein. Aufgrund des gewagten Themas löste *Der Schmerz* sogleich einen Skandal aus. Juroren wie François Mauriac und Georges Bernanos waren sich über Richauds Talent einig, aber die moralischen Bedenken überwogen. Die Jury entschied sich schließlich, auch aus Angst, die Leser der *Revue* zu schockieren, gegen eine Auszeichnung des Romans. Weil Richaud mit seinem Text aber alle anderen Bewerber in den Schatten gestellt hatte, setzte die Jury die Preisvergabe in jenem Jahr aus.

Ein anderer Juror des Literaturpreises, der Dichter Joseph Delteil, war trotz allem von der überragenden Qualität des Romans überzeugt und ergriff leidenschaftlich Partei für den jungen Autor. Dies löste eine große öffentliche Debatte über Literatur und Moral aus. 1931 veröffentlichte der Verlag Bernard Grasset das umstrittene Manuskript, ohne auch nur ein Komma zu ändern. Durch die Kontroverse um sein Buch erhielt der junge Autor viel Aufmerksamkeit – in der französischen Presse und auch im Ausland erschienen zahlreiche Kritiken, sowohl positive als auch negative. Die erhitzte Debatte und die gespaltenen Reaktionen der Leser zeigen, dass Richaud mit seinem Roman einen Nerv getroffen hatte. Richauds Darstellung des Kriegs und der außerehelichen

Beziehung einer französischen Kriegswitwe mit einem deutschen Kriegsgefangenen ist erfrischend frei von patriotischen Moralvorstellungen und resistent gegen Kriegsrhetorik – damals, nur dreizehn Jahre nach Ende des Ersten Weltkriegs, keine Selbstverständlichkeit. Ein weiteres kontroverses Thema des Romans, das ihm einige empörte Kritiken und den Ruf eines Skandalromans einbrachte, ist Sexualität. *Der Schmerz* zeigt die destruktiven Auswirkungen von Doppelmoral und Tabuisierung im Umgang mit Sexualität und rückt weibliches sexuelles Begehren in den Vordergrund. In dieser Hinsicht war Richaud seiner Zeit weit voraus.

Nach diesem vielversprechenden Debüt gab der junge Autor seinen Beruf als Lehrer auf, um sich ganz dem Schreiben zu widmen. Er frequentierte Künstler- und Intellektuellentreffpunkte wie das Café *Les Deux Magots*, schrieb Theaterstücke, die in Paris auf die Bühne gebracht wurden, sowie Gedichte und weitere Romane (unter anderem *La fontaine des lunatiques*, 1932; *L'amour fraternel*, 1936; *La barette rouge*, 1938; *La nuit aveuglante*, 1944; *L'étrange visiteur*, 1956). Für seine Gedichtsammlung *Le droit d'asile* erhielt er den *Prix Apollinaire*. Trotz einflussreicher Unterstützer wie Jean Cocteau und Albert Camus konnte André de Richaud sich beim zeitgenössischen Publikum nicht durchsetzen und geriet mehr und mehr in Vergessenheit. Er verarmte, ließ sich jahrelang von Freunden aushalten und wurde zunehmend alkoholabhängig und depressiv. 1958 war Richaud am Ende seiner Kräfte und ließ sich unter Angabe eines falschen Geburtsdatums mit nur 51 Jahren in ein Altenheim im Süden Frankreichs einweisen, wo er sehr abgeschieden und bescheiden lebte. Nachdem er in der Zeitung auf seine eigene irrtümlich abgefasste Todesanzeige stieß, schrieb er sein letztes Werk: *Je ne suis pas mort* (1965) – *Ich bin nicht tot.* Robert Morel veröffentlichte diese autobiographische Erzählung des vergessenen Autors, und Richaud war überglücklich, nach langen Jahren wieder einen Verleger gefunden zu haben. Mit *Je ne suis pas mort* entdeckte die literarische Öffentlichkeit Richaud wieder. Der Nobelpreisträger François Mauriac schrieb eine enthusiastische Kritik und der Romancier Marcel Aymé wies sogar André Malraux, den damaligen Kulturminister, in einem offenen Brief auf das Buch hin. Richaud wurde der *Prix Roger Nimier* verliehen, jedoch bleib ihm kaum Zeit, seinen neu gewonnenen Ruhm zu genießen: 1968 starb er an Tuberkulose.

André de Richauds turbulentes und tragisches Schicksal voller rasanter Auf- und Abstiege und merkwürdiger Zufälle wäre eines absurden Romanhelden würdig. Dass *Der Schmerz* zu einer wichtigen Inspirationsquelle des existentialistischen Autors und Philosophen Camus werden sollte, scheint daher nur passend. Seine interessante Geschichte trägt sicherlich zum Charme bei, den dieser

»poète maudit« auf seine Leser ausübt. Letztendlich sollte aber die literarische Qualität seines Werks im Mittelpunkt stehen.

André de Richauds Werk ist äußerst vielseitig. Er schrieb Romane, Erzählungen, Gedichte und Theaterstücke und auch innerhalb der einzelnen Gattungen experimentierte er mit verschiedenen Formen. *Der Schmerz* beispielsweise ist, wie auch *L'amour fraternel (Die Bruderliebe)*, ein Text mit realistischer Handlung und recht traditioneller Form, eine Art moderner Gesellschaftsroman. Direkt nach *Der Schmerz* verfasste Richaud *La fontaine des lunatiques (Der Irrenbrunnen)*, eine Art Bildungsroman mit phantastischen Elementen. Seinen letzten Roman *L'étrange visiteur (Der merkwürdige Besucher)* könnte man irgendwo zwischen Kriminalroman, existentialistischem Roman und Phantasiestück verorten. Allen gemein sind der Außenseiterstatus der Protagonisten, spannungs- und konfliktgeladene zwischenmenschliche Beziehungen und ein Hang zum Unheimlichen. In fast all seinen Romanen und Erzählungen kehrt Richaud an die ländlichen Orte seiner Kindheit und Jugend im Südosten Frankreichs zurück.

Der Schmerz hat einen besonderen Stellenwert innerhalb von Richauds Werk, nicht nur markierte dieser Text seinen spektakulären Auftritt auf die literarische Bühne, sondern er vereint auch viele wesentliche Merkmale von Richauds literarischem Schaffen auf besonders gekonnte

Art und Weise, kondensiert in einem kurzen und prägnanten Roman. Richaud beleuchtet ein wenig bekanntes Kapitel deutsch-französischer Beziehungen. Durch seine ungewöhnliche Perspektive auf den Ersten Weltkrieg, der weit weg und dennoch allgegenwärtig ist, und seine tiefblickende Darstellung des Aufeinandertreffens von Einheimischen und Fremden hat *Der Schmerz* eine politische und zeitlose Dimension, die weit über das provenzalische Dorf, in dem die Handlung spielt, hinausgeht. *Der Schmerz* ist kein autobiographischer Roman, dennoch gibt es einige Parallelen zu Richauds Biographie – den Schauplatz, den frühen Verlust des Vaters und wenige Jahre später der Mutter –, welche den prägenden Einfluss dieses Lebensabschnitts auf Richaud als Mensch und Schriftsteller erahnen lassen. Somit ist *Der Schmerz* wahrscheinlich nicht nur Richauds politischster, sondern auch sein persönlichster Roman.

Auch heute, fünfzig Jahre nach dem Tod von André de Richaud, lebt sein Werk fort und hat in den letzten Jahrzehnten in Frankreich erneut stärkere Beachtung erlangt. *Der Schmerz* ist Richauds erster Roman, der auf Deutsch erscheint.

Sophie I. Nieder

Zum Autor und zu seiner Übersetzerin

ANDRÉ DE RICHAUD, geboren 1907 in Perpignan, zog nach dem Tod des Vaters mit seiner Mutter nach Althen-des-Paluds, ein kleines Dorf im Vaucluse. Er studierte in Aix-en-Provence und wurde Lehrer. 1930 reichte er das Manuskript von *La Douleur* bei der Jury des *Prix du premier roman* der *Revue hebdomadaire* ein. Aufgrund des gewagten Themas löste der Text einen Skandal aus. Weil Richaud alle anderen Bewerber in den Schatten gestellt hatte, setzte die Jury die Preisvergabe in jenem Jahr aus. 1930 veröffentlichte Bernard Grasset das umstrittene Manuskript, ohne ein Komma zu ändern.

SOPHIE I. NIEDER studierte Literaturwissenschaft in Berlin und Paris und nahm am Georges-Arthur-Goldschmidt-Programm teil. In einer Buchhandlung entdeckte sie den Roman *La douleur* von André de Richaud und beschloss nach der Lektüre, ihn zu übersetzen.

Zum Buch

»Ich kenne André de Richaud nicht. Sein schönes Buch werde ich jedoch nie vergessen.« So äußerte sich Albert Camus 1951 zu *La douleur*, zu dem Roman, der ihn nach eigener Aussage inspirierte, Schriftsteller zu werden.

Thérèse Delombre lebt mit ihrem Sohn Georges in einem Dorf in der Provence. Die junge Offizierswitwe leidet unter Einsamkeit und einem sexuellen Begehren, das sie nicht einmal beim Namen nennen kann. Und so konzentriert sie all ihre Aufmerksamkeit auf den kleinen Georges.

Als deutsche Kriegsgefangene ins Dorf kommen, wird alles anders. Heimlich beginnt Thérèse ein Verhältnis mit dem schönen Otto Rülf. Ihr Sohn begegnet dem Fremden, der Thérèse nach einigen Monaten wieder verlässt, mit Misstrauen und Abneigung. Eine böswillige Nachbarin verrät Thérèse, sie wird von allen geächtet. Und sie ist schwanger.